Eiko的

吃喝玩樂

日本語

作者 **Eiko** 審訂 **今泉江利子**

插畫 **Aikoberry**

目錄
contents
難易度最高至五顆星

Part 3. 買在日本

Part 4. 玩在日本

Part 5. 聊在日本

使用說明

主題

共 5 大主題，真實
模擬旅日常見狀況！

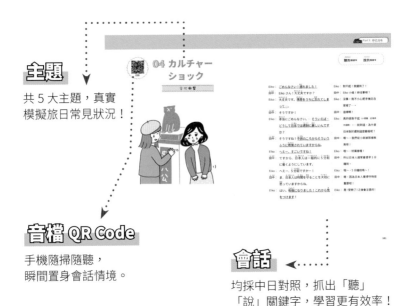

音檔 QR Code

手機隨掃隨聽，
瞬間置身會話情境。

會話

均採中日對照，抓出「聽」
「說」關鍵字，學習更有效率！

聽的關鍵字

詳解關鍵字內容，不必
聽懂整句也能抓到關鍵。

說的關鍵字

分析關鍵字說法，句句
回出最想表達的重點。

會話日文通

補充 10 句主題實用會話，
只教派得上用場的內容。

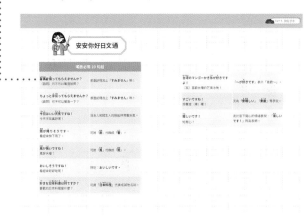

熱門打卡關鍵字

依主題嚴選 20 個打卡必用單字，
讓美照成為最受矚目的焦點。

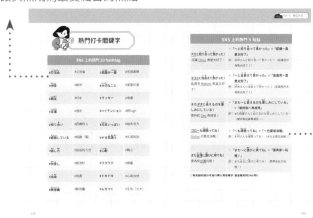

熱門 5 句話

用日本道地的 PO 文用語，
來傳達旅途中的驚喜與歡樂！

使用說明

Eiko 心情日記（日文）

透過 5 則日記，一窺 Eiko 在日本體驗到的文化衝擊！

整本音檔下載 QR Code

整本音檔下載連結
https://bit.ly/2F13TAc

Eiko 心情日記（中文）

日文版日記難度太高？別擔心！中文版日記讓你對照讀，提升閱讀力。

Part 1

吃在日本
Eating in Japan!

> 享受日本美食不卡關！

001

01 お店に入る
みせ はい

進餐廳

聽的關鍵字　　說的關鍵字

店員： いらっしゃいませ、何名様ですか？	店員： 歡迎光臨，請問幾位？
Eiko： ３名です。	Eiko： 3 位。
店員： 申し訳ございません。ただいま満席となっておりますが、２０分ほどお待ちいただけますか？	店員： 非常抱歉，現在客滿，大概需要等 20 分鐘可以嗎？
Eiko： はい、大丈夫です。	Eiko： 好的，沒問題。
店員： 大変お待たせしました。禁煙席と喫煙席どちらになさいますか？	店員： 讓您久等了。請問要禁菸席還是吸菸席呢？
Eiko： 禁煙席をお願いします。	Eiko： 我要禁菸席。
店員： ただいまカウンター席のみのご案内となりますが、よろしいでしょうか。	店員： 目前只有吧檯座位，可以嗎？
Eiko： はい、大丈夫です。	Eiko： 好的，沒問題。
店員： 少々お待ちください。	店員： 請稍等。
Eiko： はい。	Eiko： 好。
店員： お待たせしました。こちらへどうぞ。	店員： 讓您久等了，這邊請。

聽的關鍵字 ── 聽懂關鍵不再緊張！

<ruby>何<rt>なん</rt>名<rt>めい</rt>様<rt>さま</rt></ruby>

- 「<ruby>何名<rt>なんめい</rt></ruby>」：「幾位」。
- 「<ruby>様<rt>さま</rt></ruby>」：「先生 / 女士」，敬稱。是比「さん」更有禮貌的用法。

<ruby>満<rt>まん</rt>席<rt>せき</rt></ruby>

- 常見各種「～席」表：

2 擇 1 選項		特殊座位選項	
<ruby>禁<rt>きん</rt>煙<rt>えん</rt>席<rt>せき</rt></ruby>	禁菸席	<ruby>個<rt>こ</rt>室<rt>しつ</rt></ruby>	包廂席
<ruby>喫<rt>きつ</rt>煙<rt>えん</rt>席<rt>せき</rt></ruby>	吸菸席	<ruby>座<rt>ざ</rt>敷<rt>しき</rt></ruby>	榻榻米席
カウンター<ruby>席<rt>せき</rt></ruby>	吧檯座位	<ruby>窓<rt>まど</rt>際<rt>ぎわ</rt>席<rt>せき</rt></ruby>	窗邊座位
テーブル<ruby>席<rt>せき</rt></ruby>	餐桌座位	<ruby>満<rt>まん</rt>席<rt>せき</rt></ruby>	客滿

◎ 若聽到「<ruby>満<rt>まん</rt>席<rt>せき</rt></ruby>」，不願意等等待的話回答「ありがとうございます」後就可以離開囉！

<ruby>20<rt>にじゅっぷん</rt>分</ruby>

- 「<ruby>20<rt>にじゅっぷん</rt>分</ruby>」：「20 分鐘」。（請參照附錄 p.185〈時間表〉）。

どちら

- 「どちら」：「哪個」。用於詢問前兩個項目的選擇。

～のみのご<ruby>案<rt>あん</rt>内<rt>ない</rt></ruby>

- 「のみ」：「只有」。
- 「ご<ruby>案<rt>あん</rt>内<rt>ない</rt></ruby>」：「指南、引導」。在這裡作為「帶位」使用。

少々お待ちください
しょうしょう　ま

- 「少々お待ちください」：「請稍等」。「ちょっと待ってください」
しょうしょう　ま　　　　　　　　　　　　　　　　　　　　　　　　　ま
　的敬語。

どうぞ

- 「どうぞ」：「請」。

 ## 說的關鍵字 —— 掌握關鍵回答重點！

3名です
さんめい

- 「3名」：回答人數時不加「樣」。除1人和2人的唸法不同外，
さんめい　　　　　　　　　　　　　　　　　さま
　人數皆在「名」或「人」前面代入數字即可。（請參照附錄 p.182〈常用數
めい　　にん
　量詞〉）

- 「～です」：「是～」。表示肯定句。

人數說法	
1名 / 1人 いちめい　ひとり	1位
2名 / 2人 にめい　ふたり	2位
3名(人) さんめい　にん	3位
4名 / 4人 よんめい　よにん	4位
5名(人) ごめい　にん	5位

◎ 5位：5名(人)です
ごめい　にん
◎ 特殊發音以不同顏色標記

大丈夫です
だいじょうぶ

- 「大丈夫」：「沒關係 / 沒問題 / 沒事 / 好的」。只要覺得 OK 的情況下
  だいじょうぶ
  都可以使用。是日本旅遊的必用句之一喲！
- 「～です」：「是～」。表示肯定句。

～をお願いします
ねが

- 「～をお願いします」：「麻煩給我～」＝「我要～」。
  ねが
  將需要的單字代入「～」即可。是日本旅遊的必用句之一喲！
  例：座敷をお願いします (麻煩給我榻榻米席 / 我要榻榻米席)。
  ざしき　　ねが

002

02 注文をする

<ruby>注文<rt>ちゅうもん</rt></ruby>をする

點餐

Eiko： すみません。

店員： はい、ご注文はお決まりですか？

Eiko： すいません、おすすめはありますか？

店員： そうですね。おすすめはこちらです。

Eiko： これは牛肉ですか？

店員： いいえ、豚肉です。

Eiko： じゃ、これ、1つお願いします。

店員： セットと単品がありますが。

Eiko： セットをお願いします。

店員： はい、かしこまりました。以上でよろしいでしょうか？

Eiko： はい、お願いします。

Eiko： すみません、ドギーバッグもらえますか？

店員： はい、かしこまりました。少々お待ちください。

Eiko： 不好意思。

店員： 來了！要點餐了嗎？

Eiko： 不好意思，有推薦的嗎？

店員： 有的，推薦的是這一道。

Eiko： 這個是牛肉嗎？

店員： 不是，是豬肉。

Eiko： 那，我要一份這個。

店員： 我們有套餐和單點。

Eiko： 要套餐。

店員： 好的，我知道了。這樣就好了嗎？

Eiko： 嗯嗯，麻煩你。

Eiko： 不好意思，可以給我打包盒嗎？

店員： 好的，我知道了。請稍等。

聽的關鍵字 ─ 聽懂關鍵不再緊張！

ご注文

- 「注文」：「訂購／要求」。在這裡作為「點餐」使用。
- 「ご」：敬語表現。
- 「オーダー」：「order」，同義外來語，近年來較常使用。

こちら／これ

- 「こちら／そちら／あちら／どちら」：「這邊（位／個／裡）／那邊（位／個／裡）／〔遙遠的〕那邊（位／個／裡）／哪邊（位／個／裡）」，「どちら」用於兩者選一。
- 「これ／それ／あれ／どれ」：「這個／那個／（遙遠的）那個／哪個」，「どれ」用於三者以上選一。

セットと単品

- 「セット」：「一組／一副」。在這裡作為「套餐」使用。
- 「と」：「和」。「名詞と名詞」。
- 「単品」：「單一項目」。在這裡作為「單點」使用。

以上でよろしいでしょうか？

- 「以上でよろしいでしょうか？」：「以上（這樣）就好嗎？」
- 「よろしい」：比「いい」更禮貌的說法。

說的關鍵字 ── 掌握關鍵回答重點！

すみません／すいません

・「すみません」：「不好意思／對不起」。

・「すいません」：比「すみません」更口語的說法。

おすすめ

・「おすすめ」：「推薦」。

牛肉
（ぎゅうにく）

・「牛肉（ぎゅうにく）」：「牛肉」。

常見食用肉類	
牛肉（ぎゅうにく）	牛肉
豚肉（ぶたにく）	豬肉
鶏肉（とりにく）	雞肉
魚（さかな）	魚肉
馬肉（ばにく）	馬肉 ※適用於日本
羊肉（ようにく）	羊肉 ※適用於台灣
カモ肉（にく）	鴨肉 ※適用於台灣
ガチョウ肉（にく）	鵝肉 ※適用於台灣

ひと
1つ

・「1つ（ひと）」：「1 份／個／間…」，無固定中譯。

數量詞	
1つ（ひと）	1（份）
2つ（ふた）	2（份）
3つ（みっ）	3（份）
4つ（よっ）	4（份）
5つ（いつ）	5（份）
6つ（むっ）	6（份）
7つ（なな）	7（份）
8つ（やっ）	8（份）
9つ（ここの）	9（份）
10（とお）	10（份）

◎ 10 以上不需要つ結尾
◎ 此數量詞為最可廣泛應用的一種
◎ 更多數量詞請參照附錄 p.182〈常用數量詞表〉

お願いします

・「お願いします」：「麻煩你／拜託你」。

ドギーバッグもらえますか？

・「ドギーバッグ」：「doggy bag」＝「打包盒」，在日本打包文化並
　不盛行，故非每個店家都能打包，如需要打包請先詢問店員喲！

・「〜もらえますか？」：「可以給我〜嗎？」

003

03 お会計をする
かいけい

結帳

聽的 關鍵字　　說的 關鍵字

Eiko： すみません、お会計お願いします。

店員： はい、ご一緒でよろしいでしょうか？

Eiko： 別々でお願いします。

店員： かしこまりました。牛丼は３８０円、豚キムチ丼は４５０円です。お支払いは現金ですか？カードですか？

Eiko： 現金でお願いします。

店員： はい、かしこまりました。500 円と1000 円お預かりします。120 円と５５０円のお返しです。

Eiko： ありがとうございます。すいません、レシートもらえますか？

店員： はい、どうぞ。ありがとうございます。

Eiko： ご馳走様でした。

Eiko： 不好意思，麻煩結帳。

店員： 好的，一起算嗎？

Eiko： 麻煩分開算。

店員： 好的。牛丼是 380 日圓、泡菜豬肉丼是 450 日圓。請問付現還是刷卡？

Eiko： 付現。

店員： 好的，收您 500 日圓和 1000 日圓。找您 120 日圓和 550 日圓。

Eiko： 謝謝。不好意思，可以給我發票嗎？

店員： 好的，謝謝光臨。

Eiko： 謝謝招待。

聽的關鍵字 —— 聽懂關鍵不再緊張！

ご一緒で

- 「一緒で」：「（以）一起」。例：一緒でお願いします（麻煩一起）。
- 「一緒に」：「一起（做）～」。例：一緒に食べます（一起吃）。
- 「ご」：敬語表現。

お支払いは現金ですか？カードですか？

- 「お支払い」：「付款／支付」。
- 「現金」：「現金」。在這裡作為付款方式的「付現」使用。
- 「カード」：「クレジットカード（簡稱カード）」=「credit card」=「信用卡」。在這裡作為付款方式的「刷卡」使用。
- 「～ですか？～ですか？」：「要～還是～？」。選擇疑問句，用於兩者擇一。

お預かりします

- 「お預かりします」：「預かります」=「收存／保管」。「お預かりします」為敬語，作為「收您～」使用。

～のお返しです

- 「～のお返しです」：「返します」=「歸還／恢復」。「～のお返しです」為敬語，作為「找您～」使用。

說的關鍵字 —— 掌握關鍵回答重點！

お会計
かいけい

- 「会計」：「結帳」。另一種說法為「（お）勘定」。
かいけい　　　　　　　　　　　　　　　　　　　　　かんじょう

- 「お」：敬語表現。

別々で
べつべつ

- 「別々」：「分別／各自」。
べつべつ

- 「別々で」：「（会計は）別々でお願いします」=「（結帳要）麻煩
べつべつ　　　　　かいけい　　　べつべつ　　　　ねが
分開算」。

- 「別々に」：「別々に（会計を）お願いします」=「麻煩（將結帳）
べつべつ　　　べつべつ　　　かいけい　　ねが
分開算」。

レシートもらえますか？

- 「レシート」：「receipt」=「收據」，作為「發票／明細」使用。而
「領収書」=「收據」，作為「收據」使用。
りょうしゅうしょ

例：

- 「〜もらえますか？」：「可以給我〜嗎？」

ご馳走様でした

・「ご馳走様でした」：「我吃飽了／謝謝招待」。

・「いただきます」：「我要開動了／我收下了」。

04 テイクアウト

外帯

店員： いらっしゃいませ。ご注文をどうぞ。

Eiko： すみません、セットメニューはありますか？

店員： はい、こちらがセットメニューです。

Eiko： じゃ、セットＡをお願いします。

店員： かしこまりました。お飲み物はコーラ、スプライトまたは紅茶がございます。どれになさいますか？

Eiko： コーラをお願いします。

店員： はい、セットＡがお１つ、Ｍサイズのコーラとポテト、以上でよろしいでしょうか？

Eiko： すみません、コーラはＬでお願いできますか？

店員： 申し訳ございません。このセットにＬサイズのお飲み物はつきません。Ｍサイズのみです。

Eiko： そうですか。わかりました。

店員： こちらでお召し上がりですか？お持ち帰りですか？

Eiko： 持ち帰りでお願いします。

店員： 歡迎光臨，可以點餐囉。

Eiko： 不好意思，請問有套餐菜單嗎？

店員： 有的，這是套餐菜單。

Eiko： 那，我要Ａ套餐。

店員： 好的。飲料有可樂、雪碧還有紅茶，請問您需要哪個？

Eiko： 我要可樂。

店員： 好的，一份Ａ套餐、中杯可樂和中薯，這樣就好嗎？

Eiko： 不好意思，可樂可以換成大杯的嗎？

店員： 不好意思，這個套餐飲料只附中杯的，不能改大杯。

Eiko： 這樣啊！我知道了。

店員： 請問您要在這邊用還是帶走？

Eiko： 帶走。

聽的關鍵字 ── 聽懂關鍵不再緊張！

お飲み物はコーラ、スプライトまたは紅茶がございます。

- 「お飲み物」：「飲み物」＝「飲料／飲品」。加上「お」為敬語表現。
- 「は」：表示「主題／主語」的助詞。
- 「〜がございます」：「〜があります」的敬語。

常見的各式飲料	
コーラ	可樂
スプライト	雪碧
セブンアップ	七喜
紅茶	紅茶
緑茶	綠茶
ウーロン茶	烏龍茶
コーヒー	咖啡
ミルク／牛乳	牛奶
カルピス	可爾必思
ジンジャーエール	薑汁汽水 ※適用於日本
タピオカミルクティー	珍珠奶茶 ※適用於台灣

◎冰塊：氷　◎去冰：氷なし　◎多冰：氷多め　◎少冰：氷少なめ

どれになさいますか？

- 「どれになさいますか？」：「要哪個（三選一）呢？」。「どれにしますか？」的敬語。「どれ」請參照 p.16 說明。

つきません

- 「つきません」：「つきます」＝「附上／配有等等」。「つきません」為否定表現。

こちらでお召し上がりですか？お持ち帰りですか？

- 「こちらで」：「在這邊」。請參照 p.16 說明。
- 「お召し上がり」：「食べます」＝「吃」，「食べます」的敬語。
- 「お持ち帰り」：「外帶」。也可使用「テイクアウト（take out）」表現。

説 的關鍵字 —— 掌握關鍵回答重點！

セットメニュー

- 「セットメニュー」：「set menu」＝「套餐菜單」。

～でお願いできますか？

- 「～でお願いできますか？」：「可以麻煩（以）～嗎？」。「～」代入名詞。

005

05 どうやって
食べる？
た

~~~
該怎麼吃呢？
~~~

聽的關鍵字　　說的關鍵字

Eiko： すみません、これ、どうやって食べますか？

その一：ソースをつける

店員： これはこちらのソースにつけてお召し上がりください。

その二：ソースをかける

店員： これはこちらのソースをかけてお召し上がりください。

その三：混ぜる

店員： これをよく混ぜてからご飯に載せてください。

その四：そのまま食べる

店員： そのままお召し上がりください。

Eiko： そうですか。ありがとうございます。

その五：手伝ってもらう

Eiko： すみません、これは食べてもいいですか？

店員： はい、大丈夫です。焼きましょうか？

Eiko： いいですか？お願いします。

Eiko： 不好意思，請問這個要怎麼吃？

第一吃：沾醬吃

店員： 這個請沾這邊的醬汁後享用。

第二吃：淋醬吃

店員： 這個請淋這邊的醬汁後享用。

第三吃：攪拌吃

店員： 請將這個拌勻後放在飯上面。

第四吃：直接吃

店員： 請直接享用。

Eiko： 這樣啊！謝謝。

第五吃：請人幫忙

Eiko： 不好意思，請問這個可以吃嗎？

店員： 可以。我來幫您烤吧？

Eiko： 可以嗎？麻煩你了。

聽的關鍵字 ── 聽懂關鍵不再緊張！

～につけてお召し上がりください

・「～につけて」：「～につけます」＝「沾～」。

・「お召し上がりください」：「請用」。「食べてください」的敬語。

～をかけて

・「～をかけて」：「～をかけます」＝「淋～」。

～を混ぜてからご飯に載せてください

・「～を混ぜて」：「～を混ぜます」＝「摻混／攪拌」。「混ぜて」為
  動詞て形，為接續「～て（で）から」使用。

・「～て（で）から」＝「～之後」。前以動詞て形接續。

・「ご飯」：「（白）飯」。

・「～に載せてください」：「請放上～」。「載せます」＝「放上／刊
  載」，「載せて」為動詞て形，為接續「～て（で）ください」使用。
  此動詞現也常作為「上傳」使用。

・「～て（で）ください」：「請～」，前以動詞て形接續。

そのまま

・「そのまま」＝「維持那樣」。在這裡用於表現「直接（做）～」。

焼きましょうか？

・「焼きましょうか？」：「焼きます」＝「燒／烤」。「～ましょうか？」
  為提案用法，常用於提議幫助對方時。由動詞「ます」做變化即可。

說的關鍵字 — 掌握關鍵回答重點！

どうやって食べますか？

- 「どうやって〜？」：「如何〜？」。後接動詞即可。
- 「食べます」：「吃」。

食べてもいいですか？

- 「食べてもいいですか？」：「可以吃嗎？」。「〜て（で）もいいで
  すか」＝「可以〜嗎？」。表示詢問許可，前以動詞て形接續。

美食巡禮日文通

ラーメン（拉麵）常見單字表

味噌ラーメン	味噌拉麵	濃い	濃的
塩ラーメン	鹽味拉麵	薄い	淡的
醤油ラーメン	醬油拉麵	硬い	硬的
スープ	湯頭（汁）	柔らかい	軟的
麺	麵	チャーシュー	叉燒

うどん（烏龍麵）／そば（蕎麥麵）常見單字表

かけうどん	烏龍湯麵	大盛り	大碗
ざるうどん	烏龍涼麵	並盛り	中碗（正常碗）
月見そば	生雞蛋蕎麥麵（湯）	ミニ盛り	迷你碗
きつねそば	豆皮蕎麥麵	細い	細的
カツ（勝）丼	豬排丼飯	太い	粗的

お寿司（壽司）常見單字表

醤油	醬油	いなり寿司	豆皮壽司
わさび抜き/少なめ	芥末不要 / 少一點	手巻寿司	手卷
軍艦巻き	軍艦壽司	ガリ / ネタ	生薑 / 壽司料
巻き寿司	卷壽司	酢飯 / シャリ	醋飯
ちらし寿司	散壽司	一口で	一口吃

お好み焼（大阪燒）／たこ焼（章魚燒）常見單字表

具材	材料	トッピング	配料／佐料
マヨネーズ	美乃滋	生姜	生薑
青のり	海苔粉	フワフワ	鬆鬆軟軟的
かつお節	柴魚片	モチモチ	QQ 的
キャベツ	（生）高麗菜	立食い	站著吃

蟹（螃蟹）常見單字表

カニの脚の身	蟹腳肉	カニ酢	螃蟹醋
カニのハサミ（爪）の身	蟹螯肉	お手拭き（おしぼり）	擦手紙（巾）
クラブクラッカー	螃蟹壓鉗	アレルギー	過敏
カニスプーン	蟹針	ズワイガニ	松葉蟹
カニ切りバサミ	螃蟹剪	毛ガニ	日本毛蟹

各式餐廳常見單字表

ファストフード
速食店

ハンバーガー 漢堡
チキンナゲット 雞塊
ポテト 薯條
ハッシュポテト 薯餅
ソフトツイスト 蛋捲冰淇淋
※適用於麥當勞

ケチャップ 番茄醬
ソース 沾醬
砂糖 砂糖
ストロー 吸管
ティッシュ 衛生紙

カフェ
咖啡廳

ワッフル 格子鬆餅
パンケーキ 美式鬆餅
ケーキ 蛋糕
パフェ 百匯
サンデー 聖代

ランチ 午餐
サンドイッチ 三明治
パスタ 義大利麵
ハンバーグ 漢堡排
甘い／しょっぱい物
甜的／鹹的東西

各式餐廳常見單字表

やきにくや
焼肉屋

燒烤店

ロース 里肌	**ぎゅう** **牛タン** 牛舌
トモバラ 五花	レバー 肝
モモ 腿肉	ホルモン / なんこつ
カルビ 小排 / 五花	大腸 / 軟骨
とん 豚トロ 松阪豬	**あみ か** 網を替えてください
ユッケ 生牛肉	請換網子

いざかや
居酒屋

居酒屋

えだまめ 枝豆 毛豆	**なま** 生ビール 生啤酒
サラダ 沙拉	**に ほんしゅ しょうちゅう** 日本酒 / 焼酎
とり からあげ 鶏の唐揚 炸雞	清酒 / 燒酒
ホッケ 一夜干	**れいしゅ あつかん** 冷酒 / 熱燗 冷清酒 / 熱清酒
やきとり 串燒	**みず わ** 水割り / ロック
も あ 盛り合わせ 綜合 / 拼盤	加水 / 加冰塊

特色日本料理

りょうてい 料亭 高級日本料理（包廂式居多）	**べんとう** お弁当 便當
かっぽう 割烹 高級日本料理（吧台式居多）	**さし み** 刺身 生魚片
お せちりょうり 御節料理 節慶料理 / 年菜	**なっとう** 納豆 納豆
かいせきりょうり 懐石料理 原為茶道料理	**てっぱんやき** 鉄板焼 鐵板燒
かいせきりょうり 会席料理 宴席料理	**たいしょう** 大将 / マスター 老闆

◎嘗試自行將常見單字代入需要使用的句子練習看看喲！

熱門打卡關鍵字

SNS 上的熱門 20 hashtag			
#B 級グルメ	#平價美食	#美味しい	#好吃
#おすすめ	#推薦	#可愛い	#可愛
#おしゃれ	#時髦	#嬉しい	#開心
#食べ物	#食物	#幸せ	#幸福
#スイーツ	#甜食	#最高	#最棒
#デザート	#飯後甜點	#スイーツ好き	#喜歡甜食
#ダイエット	#減肥	#食テロ	#食物恐攻
#飲み会	#聚餐	#クッキングラム	#cookingram
#名物	#特產	#カフェ巡り	#咖啡廳巡禮
#いただきます	#開動	#カフェ好きな人 と繋がりたい	#想和喜歡咖啡 廳的人交流

SNS 上的熱門 5 句話

牛タンを食べに行った！

去吃了牛舌！

- 「～を食べに行った」＝「去吃了～」

  若是「去喝了～」則為「～を飲みに行った」

  例：刺身を食べに行った！（去吃了生魚片！）

  　　焼酎を飲みに行った！（去喝了燒酒！）

牛タンを食べてみた！

吃吃看了牛舌！

- 「～を食べてみた」＝「吃吃看了（試吃過了）～」

  若是「喝喝看了（試喝了）～」則為「～を飲んでみた」用於表示嘗試做了某件事情

  例：ユッケを食べてみた！（試吃了生牛肉！）

  　　ハイボールを飲んでみた！（試喝了角嗨！）

牛タンが食べられた！

吃到牛舌了！

- 「～が食べられた」＝「吃到～」

  若是「喝到了～」則為「～が飲めた」用於表示可以做到某件事情

  例：カニが食べられた！（吃到螃蟹了！）

  　　日本酒が飲めた！（喝到日本酒了！）

牛タンの味が一番！

牛舌的味道太棒了！

- 「～の味が一番」＝「～的味道太棒了」

  例：スープの味が一番！（湯頭的味道太棒了！）

牛タンの人気店！

牛舌的人氣名店！

- 「～の人気店」＝「～的人氣名店」

  用於表示某食物特別有名的店家

  例：ラーメンの人気店！（拉麵的人氣名店！）

◎有底線的部分可自行帶入其他單字，查查看你的SNS 喲！

Eikoの食いしん坊日記

皆さん、こんにちは。ここでは、Eiko自身の日本会席料理の経験を語りたいと思います。

初めて日本の会席料理を食べたのは２０１４年の時でした。その時、私は日本の石川県のある織機部品メーカーに勤めていました。会社は田舎にあるため、色々日本ならではの職場文化が体験できたのではないだろうかと思っています。

その年の初め、石川県が真っ白になる季節に、会社の年に一度の新年会が行われました。それは私の人生で、初めて正社員として参加した新年会でした。楽しみなあまり、緊張感がなくなってしまいました。事前に、新年会について注意すべきあれ、これも聞いていなくて、もちろん、私から聞くのも忘れてしまいました（ですから、皆さんもぜひ私の経験を基づいて、どんなことでもわからないことがあったら、先輩たちに聞いた方が良いでしょう☺）。

その時、ちょうど日本にいらしていた台湾のお客様も同行することになり、一緒に楽しく食事するだけのようだったので、安心して行きました。

お店に着いて、目の前に初めて食べる日本の会席料理が現れ、とてもワクワクしました。

日本公司春酒

　突然、先輩が司会者になり、食事の前に社長と台湾のお客様に一言お願いしました。台湾のお客様がスピーチした後、中国語もできる日本人の先輩が急に私に「今の内容を皆さんに通訳して」と言ったのです（私は年齢も入社歴も一番浅いから、「はい」と言うしかありませんでした😆）。

　先輩が司会しながら通訳してくれると思っていた私は、この瞬間、会席料理に夢中になって油断していたことを後悔しました。それと同時に、日本にいる限り、日本人と付き合う時には、一瞬でも気を抜いてはいけないということを学びました。いつでも両言語を通訳しなければならない可能性があるからです😥。

　2回目は、2017年に主人の社員旅行で日本に行った時でした。ある日の夕食はホテルの会席料理でした。このときは、1回目の経験で、料理より社長の動きが気になってしまいました。皆と楽しく夕食を食べつつも、いつ社長がスピーチするだろうかとずっと思っていました。ここで、1つ気がついたことがあります。もちろん、新年会と社員旅行の2つをいっしょに比べるわけにはいかないのですが、やはり台湾の飲み会の方が楽ですね😛。もし機会があったら、皆さんもぜひ会席料理を楽しみながら、ちょっと日本文化を真似して、スピーチ、乾杯、そして皆で「いただきます」と言ってみてくださいね！

會席料理一人份

Eiko 的吃貨日記

　　大家好，在本章節裡呢，Eiko 想和大家分享自己關於日本會席料理的回憶。第一次吃到，是 2014 年的時候，當時我在日本石川縣的一家紡織機零件公司工作，由於公司地處鄉村，所以我也因此有幸體驗到這許多道地的日本職場文化。

　　那一年年初，在石川縣一片銀白的季節裡，我們公司舉辦了一年一度的春酒，也是我人生中第一次以正職員工的身份參與任職公司所舉辦的春酒，完全充滿期待而忘了緊張。事前沒有聽說有關任何在春酒時需要注意的事項，當然，因為我自己也忘了問（所以希望大家可以記取我的教訓，有任何不清楚的事情先問問前輩們比較妥當 ☺）。

　　當時我們也邀請了剛好來日本拜訪的台灣客戶一同參與，聽起來就是大家一起和樂扁蝸牛地吃頓飯而已，於是放了一百萬個心就這樣出席了。

　　到了餐廳，第一次看到日本會席料理擺在眼前，真的興奮不已。忽然前輩變成臨時主持人，邀請社長以及台灣客戶在飯前致詞。台灣客戶的致詞結束後，也會中文的日本人前輩忽然轉向我，要我翻譯致詞內容給大家聽（我無論年紀或是資歷都是最小的，沒有不順從的理由 😆），原以為前輩會自己主持兼翻譯的我，這一瞬間真的覺得自己專注在會席料理上實在是太大意了！從那瞬間我學會了，人在日本時，與日本人相處的每一刻都不得鬆懈，因為隨時都有必須即時轉換兩種語言的可能性 ☺。

　　第二次則是 2017 年參與先生的員工旅遊去日本的時候，某一晚的晚餐是飯店的會席料理，這一次基於前述的經驗，比起料理，我更在意老闆的動態，一邊和大家開心地享用晚餐，想著他什麼時候會致詞。最後，我發現了一件事，雖然不能把春酒跟員工旅遊相提並論，但果然還是台灣的飯局比較輕鬆 😊。如果有機會的話，大家不妨可以在享用會席料理時，模仿一下日本文化，致詞、乾杯，再一起說聲「いただきます（我要開動了）」！

Part 2

住 在日本
Staying in Japan!

> 住好睡飽沒煩惱！

006

01 チェックインと
お支払い
しはら

入住及付款

聽的 關鍵字　　說的 關鍵字

Eiko：　すみません、チェックインお願いします。

スタッフ：はい、パスポートお願いします。

Eiko：　はい、どうぞ。

スタッフ：ありがとうございます。陳様ですね。ダブル1部屋で今日から三日間ですね。

Eiko：　はい、そうです。

スタッフ：では、こちらの用紙にお名前などお願いします。

Eiko：　はい。

スタッフ：すみません、お支払いはどうなさいますか？

Eiko：　クレジットカードで。

スタッフ：では、カードお預かりします。一括払いでよろしいでしょうか？

Eiko：　はい、お願いします。

スタッフ：こちらにサインお願いします。

Eiko：　はい。

Eiko：　すみません、私宛の荷物は届いていませんか？

スタッフ：お調べします。…今のところございません。お届けがありましたらお部屋にお電話いたします。

Eiko：　はい、よろしくお願いします。

Eiko：　不好意思，我要辦理入住。

工作人員：好的，麻煩您的護照。

Eiko：　麻煩你。（小提醒：遞出護照）

工作人員：謝謝。陳小姐嗎？雙人床房一間，今天起入住三天對嗎？

（「ですね」表示與對方確認）

Eiko：　是的，沒錯。

工作人員：那麼，麻煩請填寫這張入住卡。

Eiko：　好的。

工作人員：不好意思，請問您要如何付款呢？

Eiko：　刷卡。

工作人員：好的，收您信用卡。一次付清嗎？

Eiko：　是的，麻煩您。

工作人員：請在這裡簽名。

Eiko：　好的。

Eiko：　不好意思，請問是否有我的包裹？

工作人員：我查一下。…目前沒有收到您的包裹，收到後我們會打房間電話通知您。

Eiko：　好的，麻煩您了。

◎ **欲請飯店代收包裹前，務必先寫信與飯店確認，請參照附錄 p.188〈飯店代收包裹郵件寫法〉。**

聽的關鍵字 ── 聽懂關鍵不再緊張！

パスポート

・「パスポート」：「passport」＝「護照」。

ダブル

・「タブル」：「雙人床房」。

常見各種房／床型		
ダブルルーム （ダブル）	double room	雙人床房
ツインルーム （ツイン）	twin room	雙床房
シングルルーム （シングル）	single room	單人房
トリプル	triple	三人房
クアッド	quad	家庭房（四人房）
クイーンサイズベッド （クイーンサイズ）	queen size bed	雙人加大床
キングサイズベッド （キングサイズ）	king size bed	雙人特大床

◎ 訂房時要小心不要訂錯囉！

三日間
（みっ か かん）

・「三日」：「三天／三號」。（請參照附錄 p.187〈期間表〉）
（みっ か）

・「間」：「期間」。日文當中日期與天數的說法一樣，加上「間」可加
（かん）

　強區別。

どうなさいますか？

・「どうなさいますか？」：「要如何做呢？」。「どうしますか？」的
　敬語。

一括<ruby>払<rt>ばら</rt></ruby>い

・「一括」：「總括」。在這裡作為信用卡付費中的「一次付清」使用，
　分期付款則為「分割払い」。

次（期）數表	
1回	1 次
2回	2 次
3回	3 次
4回	4 次
5回	5 次
6回	6 次
7回	7 次
8回	8 次
9回	9 次
10回	10 次
何回ですか？	幾次？

◎ 特殊發音以不同顏色標記

・「払い」：「支付」。「払います」的名詞形。與「一括 / 分割」等字
　合在一起會產生音變「はらい」→「ばらい」。

ございません

・「ございません」：「ありません」＝「沒有」，「ございません」為敬語。

說的關鍵字 ── 掌握關鍵回答重點!

チェックイン

- ・「チェックイン」:「check in」=「報到/辦理登記手續」,在這裡作為「入住」使用。
- ・「チェックアウト」:「check out」=「結帳離開」,在這裡作為「退房」使用。

そうです

- ・「そうです」:「是這樣的」,在這裡作為「沒錯」使用。
- ・「そうですよ」:「是這樣的喲」,表示告知。
- ・「そうですね」:「是這樣的呢」,表示附和。
- ・「そうですか?↗」:「是這樣的嗎?↗」,表示疑問。
- ・「そうですか!↘」:「是這樣的啊!↘」,表示瞭解。

私宛の荷物は届いていませんか?

- ・「私宛の〜」:「寄給我的〜」。
- ・「荷物」:「行李/貨物」,在這裡作為「包裹」使用。
- ・「〜は届いていませんか?」:「〜有送到嗎?」。

007

02 朝食の確認と
チェックアウト

<ruby>朝食<rt>ちょうしょく</rt></ruby>の<ruby>確認<rt>かくにん</rt></ruby>と

早餐確認及退房

聽的關鍵字　　說的關鍵字

Eiko： すみません、朝ご飯は何時からですか？

スタッフ：朝7時半から9時までです。こちらが朝食券です。

Eiko： ありがとうございます。えっとー、場所は…？

スタッフ：2階のロイヤルです。

Eiko： ありがとうございます。

スタッフ：また、チェックアウトは11時です。

Eiko： わかりました。ありがとうございます。

Eiko： すみません、808号室です。チェックアウトお願いします。

スタッフ：かしこまりました。808号室ですね。ありがとうございました。

Eiko： すみません、タクシーを呼んでもらえませんか？

スタッフ：はい。5分くらいお待ちください。

Eiko： ありがとうございます。

Eiko： 不好意思，請問一下早餐幾點開始？

工作人員：早上7點半開始到9點。這是早餐券。

Eiko： 謝謝。嗯…請問一下用餐地點在…？

工作人員：在2樓的 Royal。

Eiko： 謝謝。

工作人員：另外，退房時間為11點。

Eiko： 我知道了，謝謝。

Eiko： 不好意思，我是住808號房的，我要退房。

工作人員：好的，808號房沒錯，謝謝您。

Eiko： 不好意思，可不可以幫我叫計程車？

工作人員：好的，請稍等5分鐘左右。

Eiko： 謝謝。

聽的關鍵字 — 聽懂關鍵不再緊張！

朝 7 時半から 9 時までです

- 「朝」：「早上」。「昼」=「中午／白天」，「夜／晚」=「晚上」。
- 「7 時半」：「7 點半」。（請參照附錄 p.185〈時間表〉）
- 「～から～まで」：「從～到～」。

2 階

- 「二階」：「二樓」，數量詞。

樓層說法	
いっかい 1 階	1 樓
に かい 2 階	2 樓
さんがい 3 階	3 樓
よんかい 4 階	4 樓
ご かい 5 階	5 樓
ろっかい 6 階	6 樓
ななかい 7 階	7 樓
はっかい 8 階	8 樓
きゅうかい 9 階	9 樓
じゅっかい 10 階	10 樓

◎ 地下 1 樓：地下 1 階

◎ 10 以上則其個位數唸法同上，特殊發音以不同顏色標記

◎ 更多數量詞請參照附錄 p.182〈常用數量詞表〉

くらい

- 「くらい」：「大約／左右」。也做「ぐらい」使用。

 說的關鍵字 —— 掌握關鍵回答重點！

朝_{あさ}ご飯_{はん}

- 「朝_{あさ}ご飯_{はん}」：「早餐」。「昼_{ひる}ご飯_{はん}」＝「午餐」、「晩_{ばん}ご飯_{はん}」＝「晚餐」、「夜食_{やしょく}」＝「宵夜」。

何時_{なんじ}

- 「何時_{なんじ}」：「幾點」。

場所_{ばしょ}

- 「場所_{ばしょ}」：「地點」。

808 号室_{はちまるはち ごうしつ}

- 「808_{はちまるはち}」：請注意這裡的唸法是由 3 個個位數唸法所組成。
- 「〜号室_{ごうしつ}」：「〜號房」。

タクシーを呼_よんでもらえませんか？

- 「タクシー」：「taxi」＝「計程車」。
- 「〜を呼_よんで」：「〜を呼_よびます」＝「呼喚／召喚」。「〜を呼_よんで」為動詞て形，為接續「〜て（で）もらえませんか」使用。
- 「〜て（で）もらえませんか？」：「可不可以幫我〜？」，前以動詞て形接續。

008

03 朝食を食べよう
ちょうしょく　　　　た

吃早餐囉！

スタッフ：おはようございます。ルームナンバーは？

Eiko：　おはようございます。80 8号室です。これ、朝食券です。

スタッフ：かしこまりました。こちらのテーブルへどうぞ。

Eiko：　すみません、窓際席がいいのですが…。

スタッフ：かしこまりました。少々お待ちください。

Eiko：　すみません、お願いします。

スタッフ：相席でもよろしいでしょうか？

Eiko：　はい、大丈夫です。

スタッフ：かしこまりました。こちらへどうぞ。

Eiko：　ありがとうございます。

工作人員：早安。請問您的房號是？

Eiko：　早安。808 號房。這是早餐券。（小提醒：記得遞出你的早餐券）

工作人員：好的。這邊的桌子請。

Eiko：　不好意思，我想要窗邊的座位…。

工作人員：好的。請稍等。

Eiko：　不好意思，麻煩你。

工作人員：併桌可以嗎？

Eiko：　可以，沒問題。

工作人員：好的。這邊請。

Eiko：　謝謝。

聽的關鍵字 ─ 聽懂關鍵不再緊張！

ルームナンバー

・「ルームナンバー」：「room number」＝「房號」。

相席でもよろしいでしょうか？
あいせき

・「相席」：「併桌」。
あいせき

・「〜でもよろしいでしょうか？」：「可以〜嗎？」。

説的關鍵字 —— 掌握關鍵回答重點！

おはようございます

- 「おはようございます」：「早安」，用於起床後～中午前的招呼語。

  日本是世界知名禮儀之邦，記得要入境隨俗回應招呼喲！

常見招呼語	
初めまして （你好）初次見面。	用於與對方初次見面時。
おはようございます 早安	用於起床後～中午前。
こんにちは 午安／你好	用於中午～太陽下山前，可作為當時的「你好」使用。
こんばんは 晚安（晚上好）／你好	用於太陽下山後～睡前，可作為當時的「你好」使用。
お休みなさい 晚安	用於睡前道晚安時。

窓際席がいいのですが…

- 「窓際席」：請參照 p.10 說明。

- 「～がいいのですが…」：「～がいいです」＝「～好」。用於表現個人要求或期望，「想要～」之意。常用於點餐，例：「ミルクがいいです」＝「牛奶好」＝「想要牛奶」。加上「の」和「が」為委婉表現。

009

04 ホテルサービス：
ふとん ついか
布団の追加

飯店服務：加被子

聴的 關鍵字　　説的 關鍵字

Eiko：　すみません、808号室の陳ですが、
　　　　部屋が寒いので追加の掛け布団もらえ
　　　　ますか？

スタッフ：かしこまりました。すぐお持ちします。

Eiko：　ありがとうございます。

Eiko：　不好意思，我是 808 號房
　　　　的陳小姐，因為房間很冷
　　　　可以多給我一件被子嗎？

工作人員：好的。馬上拿過去。

Eiko：　謝謝。

010

ホテルサービス：
備品が壊れた
び ひん こわ

飯店服務：設備壞掉了

聽的 關鍵字　　說的 關鍵字

Eiko： すみません、808号室の陳ですが、
テレビがつかないんですが…。

スタッフ：かしこまりました。808号室の陳様
ですね。すぐ参ります。

Eiko： よろしくお願いします。

Eiko： 不好意思，我是 808 號房
的陳小姐，電視開不了…。

工作人員：好的，808 號房的陳小姐
對吧？馬上過去。

Eiko： 麻煩你。

011

ホテルサービス：
隣がうるさい

飯店服務：隔壁好吵

聴的關鍵字　　說的關鍵字

Eiko： すみません、808号室の陳ですが、隣がうるさいので、部屋を替えてもらえませんか？

スタッフ：かしこまりました。少々お待ちください。

Eiko： よろしくお願いします。

Eiko： 不好意思，我是 808 號房的陳小姐，因為隔壁很吵，可不可以幫我換房間？

工作人員：好的，請稍等。

Eiko： 麻煩你。

012

ホテルサービス：
荷物の預かり
にもつ　あず

飯店服務：寄放行李

聽的 關鍵字　　說的 關鍵字

Eiko：　すみません、808号室の陳ですが、
はちまるはち ごうしつ　ちん
荷物を預かってもらえませんか？
にもつ あず

スタッフ：はい、かしこまりました。808号室
はちまるはち ごうしつ
の陳様ですね。
ちんさま

Eiko：　はい、よろしくお願いします。
ねが

Eiko：　不好意思，我是 808 號房
的陳小姐，請問可不可以
寄放行李？

工作人員：好的，我知道了，808 號
房的陳小姐對吧？

Eiko：　是的，麻煩你。

聽 的關鍵字 —— 聽懂關鍵不再緊張！

すぐ参^{まい}ります

・「すぐ」：「立刻／馬上」。

・「参^{まい}ります」：「行^いきます」＝「去／往／走」，「参^{まい}ります」為敬語。

◎ 本章節裡多為「我方提出需求」的情形，這時對方通常都會以「はい／いいえ」等明確的方式回覆，所以接下來的「說的關鍵字」很重要喲！

說 的關鍵字 —— 掌握關鍵回答重點！

808^{はちまるはち}号室^{ごうしつ}の陳^{ちん}ですが

・「808^{はちまるはち}号室^{ごうしつ}」：請參照 p.53 說明。

・「～の陳^{ちん}です」：「～的陳小姐／先生」，記得自稱不加「さん」喲！

・「が」：表示「委婉」的語尾助詞。

部屋^{へや}が寒^{さむ}いので追加^{ついか}の掛^かけ布団^{ぶとん}もらえますか？

・「部屋^{へや}が寒^{さむ}いので」：「因為房間很冷」。由於開暖氣容易導致室內乾燥（暖房^{だんぼう}は乾燥^{かんそう}してしまう），故若想加被子時可用此理由補充說明。「部屋^{へや}」＝「房間」，在這裡作為「客房」使用。「～が寒^{さむ}い」＝「～（很）冷的」、「～ので」＝「因為～」

- 「追加の」：「追加的」。
- 「掛け布団」：「（蓋的）被子」。「布団」則指日式旅館的「（整組）床被」。

常見的追加物品	
枕	枕頭
掛け布団	被子
毛布	毛毯
タオル	毛巾
バスタオル	浴巾

- 「もらえますか？」：請參照 p.19 說明。

テレビがつかないんですが…

- 「テレビ」：「電視」。
- 「〜がつかないんです」：「〜開不了」。「つきません」的委婉表現。
- 「が」：請參照 p.57 說明。

常見的客房問題	
テレビ（電気）がつきません	電視（電燈）開不了
お湯が出ません	沒有熱水
水が出ません	沒有水
シャワーが使えません	無法淋浴
エアコンがききません	空調開不了
ドライヤーが壊れています	吹風機壞了

隣がうるさいので、部屋を替えてもらえませんか？

- 「隣」：「隔壁」。
- 「〜がうるさいので」：「〜がうるさい」=「〜（很）吵的」。「ので」表示「因為〜」。
- 「〜を替えて」：「〜を替えます」=「代替／更換」。「〜を替えて」為動詞て形，為接續「〜て（で）もらえませんか」使用。
- 「〜て（で）もらえませんか？」：請參照 p.53 說明。

荷物を預かってもらえませんか？

- 「荷物」：「行李」。
- 「〜を預かって」：「〜を預かります」=「收存／保管」。「〜を預かって」為動詞て形，為接續「〜て（で）もらえませんか」使用。
- 「〜て（で）もらえませんか？」：請參照 p.53 說明。

013

05 鍵がない：
<ruby>鍵<rt>かぎ</rt></ruby>がない：<ruby>その一<rt>いち</rt></ruby>

找不到鑰匙：第一篇

聽的^{關鍵字}　　說的^{關鍵字}

Eiko： すみません、<ruby>部屋<rt>へや</rt></ruby>にキーを<ruby>置<rt>お</rt></ruby>いてきてしまいました。

スタッフ：はい、<ruby>お部屋番号<rt>へやばんごう</rt></ruby>と<ruby>お名前<rt>なまえ</rt></ruby>を<ruby>教<rt>おし</rt></ruby>えていただけますか？

Eiko： はい、<ruby>808号室<rt>はちまるはちごうしつ</rt></ruby>の<ruby>陳<rt>ちん</rt></ruby>です。

スタッフ：かしこまりました。<ruby>新<rt>あたら</rt></ruby>しいキーをご<ruby>用意<rt>ようい</rt></ruby>いたします。

Eiko： すみません、ありがとうございます。

Eiko： 不好意思，我把鑰匙忘在房間裡了。

工作人員：好的，可以給我您的房間號碼和姓名嗎？

Eiko： 好的，我是 808 號房的陳小姐。

工作人員：好的，我幫您準備新的鑰匙。

Eiko： 不好意思，謝謝妳。

014

鍵がない：その二

聴的關鍵字　　説的關鍵字

Eiko： すみません、808号室の陳ですが、部屋の鍵を失くしてしまいました。	Eiko： 不好意思，我是 808 號房的陳小姐，我弄丟鑰匙了。
スタッフ：かしこまりました。マスターキーで開けなければなりませんので、お部屋までご一緒いたします。	工作人員：好的，這必須用萬用鑰匙打開，我和您一同去房間。
Eiko： すみません、ありがとうございます。	Eiko： 不好意思，謝謝妳。

聽的關鍵字 —— 聽懂關鍵不再緊張！

お部屋番号とお名前

- ・「お部屋番号」：「房間號碼」。「お」為敬語表現。
- ・「と」：請參照 p.16 說明。
- ・「お名前」：「姓名」。「お」為敬語表現。

お部屋までご一緒いたします

- ・「～まで」：「到～」。
- ・「ご一緒」：請參照 p.22 說明。
- ・「いたします」：「します」＝「做」，在這裡作為「去」使用，「いたします」為敬語。

說的關鍵字 —— 掌握關鍵回答重點！

部屋にキーを置いてきてしまいました

・「キー」：「key」＝「鑰匙」。

・「～に～を置いてきてしまいました」：「把～放在～（含懊悔語氣）」。

部屋の鍵を失くしてしまいました

・「鍵」：「鑰匙」，傳統說法。

・「～を失くしてしまいました」：「把～弄丟了（含懊悔語氣）」。

住好住滿日文通

飯店必用 10 句話

予約番号はこちらです。 よやくばんごう 預約號碼在這裡。	可將預約頁面列印下來以方便核對。
デポジットのためにクレジットカードをお預かりします。 あず 收您信用卡預付押金。	俗稱過卡。
Wi-Fi はありますか？ （請問）有 Wi-Fi 嗎？	Wi-Fi 不能使用：**Wi-Fi が使えません** つか
両替はできますか？ りょうがえ （請問）可以換錢嗎？ （指台幣→日幣等貨幣兌換）	也可用於換零錢，另有詳細說法如下： A：**1 万円札を崩してもらえませんか？**（可不可以幫我把 1 萬日幣換成零錢？） いち まんえんさつ くず B：**内訳はどうしましょう？**（要怎麼換？） うちわけ A：**5 千円札 1 枚、千円札 5 枚でお願いします。**（請幫我換1張5千、5張1千。） ご せんえんさつ いち まい　せんえんさつ ご まい　ねが
大浴場はどこですか？ だいよくじょう （請問）大浴場在哪裡？	日式旅館中的基本配備，通常男女分開，需裸身。有機會一定要去體驗看看喲！

808 号室の鍵をお願いします。
麻煩給我 808 號房的鑰匙。

如外出時鑰匙寄放於櫃檯，則回來時可使用。

靴を脱いでください。
請脫鞋。

除了日式旅館之外，在許多著名室內景點也有機會看到。

スリッパで畳の上に乗らないでください。
請勿穿室內拖鞋踩上榻榻米。

榻榻米非常珍貴，請大家一起愛護它。

浴衣を着たまま部屋の外に出ていただいても構いません。
可以穿著浴衣在飯店（日式旅館）內活動。

日式旅館中，將浴衣作為睡衣使用，也可在旅館內活動時穿著，但不可穿出旅館喲！
※飯店則只能在房內

携帯を忘れました。
忘記手機了。

可將「**携帯**」代換成其他遺忘物品以告知櫃檯。

◎有底線的部分可自行帶入其他單字喲！

熱門打卡關鍵字

SNS 上的熱門 20 hashtag			
#ホテル	#飯店	#おでかけ	#出門
#ビジネスホテル	#商務飯店	#居心地いい	#舒服
#旅館	#日式旅館	#優しい	#體貼
#リゾート	#度假村	#親切	#親切
#海外旅行	#出國旅遊	#便利	#方便
#大人（女子）旅	#大人（女子）之旅	#楽しかった	#開心
#旅フォト	#旅行照片	#ストレス解消	#紓壓
#宿泊	#住宿	#気分転換	#轉換心情
#お泊まり	#留宿	#リラックス	#放鬆
#休日	#假日	#リフレッシュ	#充電

SNS 上的熱門 5 句話

夏満喫！ （なつまんきつ） 享受夏天！	・「～満喫」=「享受～」 用於表達飽嘗了～、享受了～ 例：ビール満喫！（享受啤酒！）
旅ができて良かった！ （たび）（よ） 可以旅行太好了！	・「～ができて良かった」=「可以～太好了」 例：気分転換ができて良かった！（可以轉換心情 太好了！）
夕日が見られて幸せ！ （ゆう ひ）（み）（しあわ） 可以看到夕陽好幸福！	・「～が見られて幸せ」=「可以看到～好幸福」 例：海が見られて幸せ！（可以看到海好幸福！）
めっちゃ楽しい！ （たの） 超開心！	・「めっちゃ～」=「超～」 例：めっちゃ親切！（超親切！）
ぜひ泊まってみてください！ （と） 一定要來住住看！	・「ぜひ～て（で）みてください」=「一定要～ 看看」 例：ぜひ遊んでみてください！（一定要玩玩看！）

◎有底線的部分可自行帶入其他單字，查查看你的SNS喲！

短期出租公寓的餐廳

Eiko のオタク日記

皆さん、こんにちは。Eiko のオタク日記では、私が初めて東京行った時、ウィークリーマンションに泊まった思い出を語りたいと思います。これからの内容は、初めて上京して、日本語は挨拶しかできなかった当時の私の一番リアルな感想の記録です。

2005.07.07 PM09：26（日本時間）

日本に着きました！今日は本当に大変でした😖！個人旅行ですから、自分たちで電車に乗らなければなりません。山手線とか、新幹線とか、聞くことも、見るものも、全て日本語です！大変！マンションに着いたのはもう4時過ぎでした。その後パパの友達と晩ご飯を食べました。うわ！最高でした！台湾では一枚200元くらいのクロマグロが、日本ではたった50元（刺身満喫😊）！今日は新宿でパパがチケット買いに行ってくれている間ちょっと待っていましたが、結局買えませんでした！でも、私はそこに座って、結構楽しく、道行く人を見ていました！人間って、いろいろだなーと思いました！マンションはすごいですよ！私たちは中野新橋に泊まっています。明日原宿、渋谷に行きます！楽しみですね！

2005.07.08 PM09：00（日本時間）

（前略）マンションに戻って来たら、私は疲れて寝ちゃいました。起きたらもう晩ご飯の時間。私たちはうちで晩ご飯を作りましたよ！面白かったです！なんかね、こういう個人旅行って、日本遊びに来たって感じではなく、もう日本人の生活に融け込んで、ここに住んでいるって感じですね。朝込んでいる電車にも乗ったんですが、人が本当に多すぎて、やばかったです！（後略）

2005.07.16 PM10：40（日本時間）

今日はゆっくり寝られました。もうラストデーですから、部屋でゆっくり休みながら、テレビを見ました。（中略）今日はちょうど近くの神社でお祭りがあって、ちょっと寄ってみました。たくさんの人たちが着物（たぶん浴衣だと思う）を着ていました。ああ〜もう最後ですね！荷物を片付けなきゃいけません！荷物が多いです！！明日は新幹線に乗りますよ！全てうまくいきますように◎！

以上は2005年に初めて東京に滞在した時のいろいろカルチャーショックを受けた記録でした。十何年も過ぎた今、このような驚きはもうありません。今思い出してみると、ウィークリーマンションに泊まるのは、現地の文化体験ができる1つの良いチョイスだと思います。ホテルや民宿より、「うち」という感じがしますから。皆さんもぜひ、機会があったら、試してみてくださいね！

短期出租公寓的客廳兼臥房

Eiko 的宅宅日記

大家好，在Eiko的宅宅日記中，想和大家分享我第一次踏上東京時，入住 ~~短期月出租公寓~~ 公寓（Weekly Mansion）的回憶。所以接下來的內容，是當時日文只會招呼手語的我最真實的感想記錄 ☺。

2005.07.07 PM09：26（日本時間）

到日本囉！今天真的好辛苦 ⊗！因為是自助旅行，所以都要自己搭車，什麼山手線啊、新幹線啊，耳朵所聽的、眼睛所看的，全都是日文！苦啊！到出租公寓都已經4點多了，後來就跟爸爸的朋友去吃晚餐，哇！超讚的啦！黑鮪魚一片台灣要200元，日本只要50元（猛吃生魚片 ♡）！今天還停留了一下新宿，等我爸去買票，結果卻沒買到！不過，我坐在那裡看人來人往，還滿好玩的說！世間人百百款呢！公寓很讚喲！我們住在中野新橋，明天要去原宿、澀谷，好期待！

2005.07.08 PM09：00（日本時間）

（前略）回來小窩後，我就累得睡著了 💤，醒來後，已經是晚餐時間了。我們自己在家裡煮喲！好玩耶！我覺得呀～這種自助旅行的玩法，不像是來日本玩，比較像是住在這裡了，融入了日本人的生活。早上跟著他們擠電車，人真的好多！（後略）

2005.07.16 PM10：40（日本時間）

今天睡到自然醒，然後因為是最後一天了，所以就在家休息看電視。（中略）今天剛好附近的神社在辦慶典，我們就順路去看看，好多人穿和服（應該是浴衣）喲！啊～最後一天了呢！得回去整理行李囉！東西真的好多好多，明天就要搭新幹線囉！希望一切順利才好 😵！

以上是2005年第一次待在東京時的種種文化衝擊紀錄，十幾年後的現在，這些驚嘆其早已不復存在。現在回首，覺得短期月出租公寓是體驗當地文化的一個很棒的選擇，和住在飯店或民宿相比，多了更多「家」的感覺。大家有機會的話也務必試試看喲！

Part 3

買 在日本
Shopping in Japan!

> 開心購物無障礙！

015

01 お土産を買う

買名產

Eiko：	すみません、これを買いたいんですが。
店員：	はい。こちらですね。チョコとイチゴの味がありますが。
Eiko：	試食できますか？
店員：	はい、どうぞ。
Eiko：	ありがとうございます。これは台湾に持って帰ることができますか？
店員：	大丈夫です。
Eiko：	賞味期限はいつまでですか？
店員：	えっとー、冷蔵保存で明日の夜までです。
Eiko：	じゃ、これを２つ、これも２つお願いします。
店員：	はい、かしこまりました。以上でよろしいでしょうか？
Eiko：	はい、お願いします。

Eiko：	不好意思，我想買這個。
店員：	好的。是這個對吧？有巧克力和草莓口味。
Eiko：	可以試吃嗎？
店員：	可以，請用。
Eiko：	謝謝。這個可以帶回台灣嗎？
店員：	沒問題。
Eiko：	賞味期限到什麼時候？
店員：	嗯～放冰箱可以保存到明天晚上。
Eiko：	那我要這個兩個、這個也兩個。
店員：	好的，我知道了，這樣就好嗎？
Eiko：	是的，麻煩妳。

聽的關鍵字 ── 聽懂關鍵不再緊張！

チョコとイチゴ

- 「チョコ」：「チョコレート（簡稱チョコ）」＝「chocolate」＝「巧克力」。
- 「と」：請參照 p.16 說明。
- 「イチゴ」：「草莓」。

冷蔵保存で明日の夜までです

- 「冷蔵保存で」：「以冷藏保存」。
- 「明日の夜までです」：「明日」＝「明天」，參考下列時間七部曲。
  「夜まで」＝「到晚上」。

時間七部曲	
今日	今天
明日	明天
明後日	後天 ※常以あさって表現
明々後日	大後天 ※常以しあさって表現
昨日	昨天
一昨日	前天 ※常以おととい表現
一昨々日	大前天 ※常以さきおととい表現

說的關鍵字 ── 掌握關鍵回答重點！

これを買いたいんですが

- 「これ」：請參照 p.16 說明。
- 「～を買いたいんですが」：「想買～」。「～を買います」=「買～」，「～たいんですが」=「想～」。「～を買います+たいんですが」=「想買～」。

試食できますか？

- 「試食」：「試吃」。
- 「できますか？」：「可以嗎／能夠嗎？」

これは台湾に持って帰ることができますか？

- 「これ」：請參照 p.16 說明。
- 「は」：請參照 p.28 說明。
- 「～に持って帰る」：「帶回～（某地點）」。
- 「～こと（が）できますか？」：「可以～嗎／能夠～嗎？」。「～こと」的「～」為動詞辭書形做接續。

賞味期限はいつまでですか

- 「賞味期限」：「賞味期限」，意指到這天為止食物是好吃的。日文中另有「消費期限」，意指到這天以前請把食物吃完。
- 「は」：請參照 p.28 說明。

- 「いつ」：「什麼時候」。

- 「～まで」：請參照 p.68 說明。

- 「～ですか？」：「～嗎／呢？」，疑問詞，中文翻譯依上下文判斷。

これも 2 つ

- 「これ」：請參照 p.16 說明。
- 「も」：「也」。
- 「2 つ」：請參照 p.18 說明。

016

02 服を買う

買衣服

聽的 關鍵字　　說的 關鍵字

店員： どうぞごゆっくりご覧ください〜い。

Eiko： すみません、試着してもいいですか？

店員： はい、こちらへどうぞ。

Eiko： すみません、Mサイズがありますか？

店員： はい、少々お待ちください。

Eiko： ありがとうございます。

店員： いかがですか？

Eiko： そうですね。他の色がありますか？

店員： はい。白と黒があります。

Eiko： そうですか。じゃ、ちょっと考えます。すみません。

店員： 慢慢看喲～

Eiko： 不好意思，可以試穿嗎？

店員： 可以，這邊請。

Eiko： 不好意思，有 M 號嗎？

店員： 有的，請稍等。

Eiko： 謝謝。

店員： 覺得如何？

Eiko： 嗯～有其他顏色嗎？

店員： 有，有白色和黑色。

Eiko： 這樣啊。那我再想一下，不好意思。

聽的關鍵字 —— 聽懂關鍵不再緊張！

どうぞごゆっくりご覧ください

・「どうぞごゆっくりご覧ください」：「慢慢看」，為服裝店店員慣用招呼語。

いかがですか？

・「いかがですか？」：「如何／怎麼樣？」。「どうですか？」的敬語。

白と黒

・「と」：請參照 p.16 說明。

常見顏色表			
白／ホワイト	白色	茶色／ブラウン	褐色
黒／ブラック	黑色	灰色／グレー	灰色
赤／レッド	紅色	紫／パープル	紫色
黄色／イエロー	黃色	ベージュ	米色
青／ブルー	藍色	ピンク	粉紅色
緑／グリーン	綠色	ワイン	酒紅色
オレンジ	橘色	ネイビー	深藍色

◎ 深的：濃い／ダーク　　◎ 淺的：薄い／ライト

說的關鍵字 —— 掌握關鍵回答重點！

試着してもいいですか？

・「試着して」：「試着します」＝「試穿」，用於服裝。「試着して」

　　為動詞て形，為接續「～て（で）もいいですか？」使用。

・「～て（で）もいいですか？」：請參照 p.33 說明。

M サイズがありますか？

・「M」：在此作為服裝尺寸使用。另有「X S」「S」「L」「L L／X L」。

・「サイズ」：「size」＝「尺寸」。

・「～がありますか？」：「有～嗎？」。將名詞代入「～」即可。

他の色

・「他の」：「其他的」。

・「色」：「顏色」。

ちょっと考えます

・「ちょっと考えます」：「再想一下」。在購物時，若覺得不想買或想

　　再考慮看的話，皆可使用這句話，直接離開會有點唐突喲！

017

03 日用品を買う：家電量販店

買日用品：家電量販店

NEW 一杯からの至福

W※2

¥16,640

聴的**關鍵字**　　說的**關鍵字**

Eiko： あのう、すみません、それを見せてください。	Eiko： 不好意思，請讓我看那個。
	（小提醒：記得比出你的手指）
店員： はい、どうぞ。	店員： 好的。
Eiko： これはどこ製ですか？	Eiko： 這個是哪裡製造的？
店員： 日本製です。	店員： 是日本製。
Eiko： 台湾へ発送できますか？	Eiko： 可以寄到台灣嗎？
店員： 大丈夫です。	店員： 可以的。
Eiko： わかりました。じゃ、これをお願いします。	Eiko： 我知道了，那我要這個。

018

にちようひん か
日用品を買う：
ドラッグストア

買日用品：藥妝店

聽的 關鍵字　　說的 關鍵字

Eiko： すみません、これ、ありますか？

店員： はい。こちらへどうぞ。

Eiko： これ、免税できますか？

店員： はい、税抜き金額が合計 5000 円以上なら免税できます。

Eiko： わかりました。ありがとうございます。

Eiko： 不好意思，請問有這個嗎？

　　　（小提醒：請拿相片等資訊問）

店員： 有的，這邊請。

Eiko： 這個可以免稅嗎？

店員： 可以，如果未稅金額合計 5000 日圓以上就可以免稅。

Eiko： 我知道了，謝謝。

聽的關鍵字 — 聽懂關鍵不再緊張！

税抜き金額が合計 5000 円以上なら免税できます

- 「税抜き」：「未税」。另有「税込み」=「含税」。日本標價通常皆有兩種標示。

- 「金額」：「金額」。

- 「が」：助詞，表示「（小）主題／主語」。

- 「合計」：「合計」。

- 「5000 円」：「5000 日圓」。

- 「以上」：「以上」。

- 「なら」：「那麼／如果那樣」。

- 「免税」：「免税」。

- 「できます」：請參照 p.81 說明。

說的關鍵字 ── 掌握關鍵回答重點！

見せてください

· 「見せてください」：「請讓我看」。

どこ製

· 「どこ製」：「哪裡製」。

常見的產地			
日本	日本	ベトナム	越南
中国	中國	マレーシア	馬來西亞
台湾	台灣	バングラデシュ	孟加拉
韓国	韓國	インド	印度

発送できますか？

· 「発送」：「寄送／送出（貨物、行李、郵件等）」。

· 「できますか？」：請參照 p.81 說明。

免税できますか？

· 「免税」：「免稅」。

· 「できますか？」：請參照 p.81 說明。

019

04 ネゴする：

屋台

<ruby>屋<rt>や</rt>台<rt>たい</rt></ruby>

議價、交涉：攤販

聽的關鍵字　　說的關鍵字

Eiko： すみません、たこ焼き 1 つください。	Eiko： 不好意思，請給我一份章魚燒。
店員： ありがとうございます。1 つ 500 万円になります。	店員： 謝謝。一份是 500 萬日圓。
Eiko： え？いや、お兄さんかっこいいですね！ちょっと安くしてもらえませんか？	Eiko： 什麼？不不不…大哥你很帥耶！能算我便宜點嗎？
店員： おー！うまいですね！じゃ、500 円でいいですよ！	店員： 哦～！很會喲！那，算你 500 日圓就好！
Eiko： ありがとうございます！	Eiko： 謝謝！

ネゴする：
でんきや 電気屋

議價、交渉：電器行

| 聽的關鍵字 | 說的關鍵字 |

Eiko：　すみません、このカメラはいくらですか？

店員（てんいん）：　７ ８,９００円です。

Eiko：　わ！高（たか）い！これって、この値段（ねだん）のままですか？

店員（てんいん）：　そうですね…。これはもう最終価格（さいしゅうかかく）ですので…。

Eiko：　わかりました。ありがとうございます！

Eiko：　不好意思，請問這台相機多少錢？

店員：　78,900 日圓。

Eiko：　哇！好貴！這是就這個價格嗎？

店員：　是的 …。因為這已經是最低價格了…。

Eiko：　我知道了。謝謝！

聽的關鍵字 ── 聽懂關鍵不再緊張！

500万円
ご ひゃく まんえん

- 「500万円」：「500 萬日圓」。關西地區的小販常喜歡開玩笑地拉高
  價格，若有抓到關鍵字，便可以和他們同樂一下喲！

500円でいいです
ご ひゃく えん

- 「500円」：「500 日圓」。
- 「～でいいです」：「～就好」。

最終価格
さいしゅう か かく

- 「最終価格」：「最後價格」。意指無法再便宜的最低價格，這時候就
  只能選擇購買或放棄囉！日本現今大都是不二價，故通常只有在祭典
  上的小攤販、市場或是購買大型商品時較有議價的空間，記得別造成
  對方的困擾喲！

說的關鍵字 ── 掌握關鍵回答重點！

ください

- 「～ください」：「麻煩給我～」。p.12 介紹的「～をお願いします」
  為其禮貌表現。

お兄_{にい}さんかっこいいですね！

- 「お兄_{にい}さん」：「大哥／小哥」，作為稱呼男店員使用。稱呼女店員的則為「お姉_{ねえ}さん」＝「大姊／小姐」。
- 「かっこいいですね！」：「很帥耶！」。「很漂亮耶！」則是「きれいですね！」。議價時的常用句。

ちょっと安_{やす}くしてもらえませんか？

- 「ちょっと」：「稍微／一點點／一下下」。
- 「安_{やす}くして」：「安_{やす}い」＝「便宜的」。「安_{やす}くして」＝「使～便宜」。
- 「～て（で）もらえませんか？」：請參照 p.53 說明。

このカメラはいくらですか？

- 「このカメラ」：「この～／その～／あの～／どの～」＝「這（個）～／那（個）～／〔遙遠的〕那（個）～／哪（個）～」，中文量詞表現依後接的名詞決定，也可省略量詞。「カメラ」＝「camera」＝「相機」。
- 「～はいくらですか？」：「～是多少（錢）呢？」。

この値段_{ねだん}のままですか？

- 「値段_{ねだん}」＝「價格」。
- 「～のままですか？」：「就是～了嗎？」。

021

05 イメチェンで
き ぶんてんかん
気分転換

換個造型換個心情

スタッフ: いらっしゃいませ、ご予約はされましたか？	工作人員: 歡迎光臨，請問小姐有預約嗎？
Eiko: いいえ、予約はないのですが、今カットできますか？	Eiko: 沒有預約，請問現在可以剪髮嗎？
スタッフ: はい、大丈夫です。お荷物と上着をお預かりします。	工作人員: 可以，沒問題。我幫您收一下包包和外套。
Eiko: はい、お願いします。	Eiko: 好的，麻煩妳。
デザイナー: こんにちは、本日担当します、奈々です。よろしくお願いします。	設計師: 您好，我是今天的設計師奈奈，請多指教。
Eiko: よろしくお願いします。	Eiko: 請多指教。
デザイナー: 本日はカットのみでよろしいでしょうか？	設計師: 今天只要剪髮嗎？
Eiko: はい、この写真みたいにしたいんですが。	Eiko: 對。我想剪成像照片這樣。（小提醒：若有髮型的照片可以讓雙方比較容易溝通）
デザイナー: かしこまりました。	設計師: 我知道了。
デザイナー: いかがですか？何かありませんか？	設計師: 覺得怎麼樣呢？有沒有什麼問題？
Eiko: 大丈夫です！好きです！ありがとうございます！	Eiko: 沒問題！我很喜歡！謝謝妳！

聽的關鍵字 —— 聽懂關鍵不再緊張！

予約

・「予約」：「預約」。

お荷物と上着をお預かりします

・「お荷物」：「行李／貨物」。在這裡作為「隨身行囊（包包）」使用。
「お」為敬語表現。
・「と」：請參照 p.16 說明。
・「上着」：「外套」。
・「〜をお預かりします」：請參照 p.22 說明。

担当します

・「担当します」：「擔任」。

いかがですか？何かありませんか？

・「いかがですか？」：請參照 p.86 說明。
・「何かありませんか？」：「有沒有什麼？」，在這裡作為「有沒有什麼問題？」使用，「ありませんか？」＝「有沒有？」，與 p.87 的「〜がありますか？」意思相同，但否定結尾表示想確認「有沒有」，這句話除了耳朵聽之外，也建議大家可以試著說說看喲。

說的關鍵字 —— 掌握關鍵回答重點！

今カットできますか？

・「今」：「現在」。

・「カット」：「剪髮」。

・常見的美髮項目：

剪髮	
前髪	瀏海
レイヤーカット	層次
髪を梳いてください	打薄
短く切ってください	短一點
ヘアカタログ	髮型型錄

洗髮	
椅子を後へ倒しますよ！	椅子要往後倒囉！
椅子を起こしますよ！	椅子要升起來囉！
頭の力を抜いてください。	請把頭放鬆。
熱くないですか？	熱水的溫度可以嗎？
かゆいところはございませんか？	還有沒有哪裡會癢？

染髪	
明(あか)るくしたいです	想染亮一點
暗(くら)くしたいです	想染暗一點
メッシュ	挑染

燙髮	
ストレートパーマ	燙直
パーマ	燙捲

造型	
真中分(まんなかわ)け	中分
右分(みぎわ)け／左分(ひだりわ)け	右旁分／左旁邊
ワックスを使(つか)いますか？／髪(かみ)の毛(け)巻(ま)きましょうか？	要抓頭髮嗎？／要吹捲嗎？

・「できますか？」：請參照 p.81 說明。

この写真(しゃしん)みたいにしたいんですが

・「この写真(しゃしん)」：「この」請參照 p.95 的說明。「写真(しゃしん)」＝「照片」。

・「〜みたいにしたいんですが」：「想（做）像〜那樣」。可在「みたい」前放入名詞做不同變化。

好^すきです

- 「好^すきです」:「喜歡」。除了「大丈夫^{だいじょうぶ}」之外,若能加上一句喜歡, 設計師也會很開心,是不錯的交流機會喲!

輕鬆購物日文通

購物必用 10 句話

レジはどこですか？ 結帳櫃檯在哪裡？	現今許多店家會另外設置「tax free」的櫃檯，如金額已達退稅標準，請直接前往退稅櫃檯。
クレジットカードが使えますか？ 可以刷卡嗎？	如需領錢，則可以問**「ATM はどこですか？」**＝**「ATM 在哪裡？」**
ポイントカードはお持ちですか？ 有集點卡嗎？	便利商店店員常問句。
袋要りますか？ 需要袋子嗎？	便利商店店員常問句，**「～要りますか？」**＝**「需要～嗎？」** 例：**スプーン**（湯匙）／**お箸**（筷子）**要りますか？**
温めますか？ 要加熱嗎？	便利商店店員常問句，也常以**「チンしますか？」**表現。
ちょっと見ているだけです。 我只是看一下。	面對店員的招呼，若只看不買時可使用本句，記得不要無視店員喲！
どうやって使うのですか？ 怎麼使用呢？	**「使う」**可代換其他動詞辭書形以表現「怎麼～呢？」。

はいてみてもいいですか？／試してみてもいいですか？ 可以穿穿看嗎？／可以試試看嗎？	「はく」使用於試穿褲、裙或鞋子時， 「試す」則使用於試穿（戴）時。
荷物を1つにまとめましょうか？ 幫你裝成一袋好嗎？	若手上有許多購物袋時，有些店員會詢問是否要集成一袋。
ラッピングしてもらえませんか？ 可不可以幫我包裝？	請注意包裝有時會需要額外收費。

◎ 有底線的部分可自行帶入其他單字喲！

熱門打卡關鍵字

SNS 上的熱門 20 hashtag			
#バーゲンセール	#大拍賣	#プレゼント	#禮物
#2割引	#8折	#レディース	#女裝
#お買い得	#買到賺到	#メンズ	#男裝
#激安	#超便宜	#子供服	#童裝
#お買い物	#購物	#アクセサリー	#飾品配件
#衝動買い	#衝動購物	#定番商品	#必買商品
#戦利品	#戰利品	#コーデ	#穿搭
#購入品	#入手的東西	#新作	#新品
#お土産	#伴手禮（土產）	#お気に入り	#喜歡
#お菓子	#點心	#ドラッグストア	#藥妝店

SNS 上的熱門 5 句話

<u>デパート</u>に行ってくる！ （來）去（趟）<u>百貨公司</u>！	・「～に行ってくる」＝「（來）去（趟）～」 例：スーパーに行ってくる！〔（來）去（趟）超市！〕
<u>新作</u>がやってきた！ <u>新商品</u>終於來（到）了！	・「～がやってきた」＝「～終於來（到）了」 　針對期待已久的商品使用 例：ピアスがやってきた！〔耳環終於來（到）了！〕
<u>お菓子</u>を買っちゃった！ 買了<u>點心</u>！	・「～を買っちゃった」＝「買了～」 　針對狠下心或不小心失心瘋而買的商品使用 例：靴を買っちゃった！〔買了鞋子！〕
早く<u>コート</u>を着てみたい！ 好想趕快穿穿看<u>大衣</u>！	・「早く～を着てみたい」＝「想趕快穿穿看～」 　若是下半身商品則為「早く～をはいてみたい」， 　「～」帶入名詞即可 例：早くジーンズをはいてみたい！〔好想趕快穿穿 　　看牛仔褲！〕
やっと<u>カバン</u>を手に入れた！ 終於入手<u>包包</u>了！	・「やっと～を手に入れた」＝「終於入手～了」 例：やっとメガネを手に入れた！〔終於入手眼鏡！〕

◎ 有底線的部分可自行帶入其他單字，查查看你的 SNS 喲！

Eiko の買い物日記

皆さん、こんにちは。ここでは、前章の日記を続けたいと思います。2005年に初めて東京に行った時は、最初で最後のデパートに捕まる！？という事件がありました😁。

2005.07.08 PM9：00（日本時間）

京王デパート→伊勢丹デパート→小田急デパート

今日はゆっくり寝られて、起きたのは8時過ぎでした。日本に来て、なんか時間が多くなった気がします。個人旅行だからかなー！今日は新宿に行きました。いや、一日ずっと新宿にいました。昨日、今日は原宿に行くと言っていましたが、なんか今日スケジュール変更で、デパート巡りになりました！私浴衣を買いましたよ！紫色です😍！でも試着した時に倒れそうになりました😖。お店のおばさんをびっくりさせてしまい、貧血だよと言われました。パパとママに疲れ過ぎだと言われました。その後、いっぱい買ってから（とは言っても、浴衣と団扇と下駄だけです。団扇も紫色ですよ！）マンションに戻りました。

（後略）

2011 年浴衣外拍照

　ここでは、先ほど話した 3 つのデパートについて語りたいと思います。この 3 つのデパートの位置関係は地図のように、新宿駅を囲んでいます。そのため、この辺は買い物の超人気エリアだと言われています。

　京王デパートは新宿駅西口にあり、リムジンバスのバス停はデパートの前にあります。とても便利です。京王デパートでは、いろいろな日本のブランドが集まっているので、お土産を買うなら、おすすめなスポットです。伊勢

三間百貨公司的地理位置圖

丹デパートは日本の売り上げナンバーワンのデパートです。ここは東京で一番見逃せないショッピングスポットとも言われています。小田急デパートは、京王デパートと同じく、中高年層に支持されているデパートです。ここも家族全員の物が手に入るし、フードコートもおすすめですよ！とにかく、どのデパートも、一日居られそうですね😆！

　次は私の初浴衣について語りたいと思います。当時はもちろん、記念として買おうという考えでした。でも、やはり一体いつ着られるか、買う必要があるかどうかを考えてしまいました。その後、物というのは、とにかく買えば絶対いつか使えるというのを証明しました。なぜなら、私はその後、3 回も着ましたからね😊！

Eiko 的血拼日記

大家好，在這裡，我要延續上一篇的日記。2005年第一次踏上東京時，發生了第一次也是最後一次「被百貨公司綁架!?」的事件(⌒▽⌒)。

2005.07.08 PM9：00 (日本時間)

京王百貨→伊勢丹百貨→小田急百貨

今天好好睡了一覺，起床時已經8點多了。來日本突然覺得時間好多！因為是自助旅行的關係嗎？今天有去新宿，不對，應該說今天整天都在新宿！昨天說今天要去原宿的，不過改變了行程，我們逛了好多家百貨公司呢！我買了浴衣！是紫色的喲 (♡♡)！ 結果，我試穿和服的時候差點暈倒 (×_×)，嚇到店家阿姨了，說我是貧血，爸媽說我太累了，後來買了一堆東西（其實也沒有，不過就是浴衣、扇子、木屐。扇子也是紫色的喲！）就回去小窩。(後略)

現在要來說說關於上面提到的三間百貨公司，這三間百貨公司的地理位置如地圖所示，圍繞著新宿車站，所以這裡基本上是逛街購物的一級戰區。

京王百貨位於新宿車站西口，利木津巴士站就在京王百貨公司前，非常方便，京王百貨有許多日本本土品牌，是購買伴手禮的好地方。伊勢丹百貨則是日本營業額最高的百貨公司，這裡號稱東京最不容錯過的購物名所。而小田急百貨和京王百貨都屬於受到中高年齡層支持的百貨公司，可以在這裡買到全家大小的東西，也很推薦這裡的美食街喲！總而言之，無論是哪一間百貨公司，幾乎都可以待上一天呢 (◠‿◠)！

再來說說我的第一件浴衣。當時當然是一種買來紀念的想法，不過也忍不住會想到底什麼時候會用到、究竟有沒有買的必要，後來證明，有的東西買著總會有用到的一天，因為我在那之後還穿了3次呢！(^‿^)

Part 4

玩 在日本
Traveling in Japan !

> 任你東西南北跑透透！

022

01 電車の乗り方：
その一

でんしゃ　　　の　　　かた
いち

電車的搭法：第一篇

Eiko： すみません、路線図が欲しいです。

Eiko： 不好意思，我想要路線圖。

スタッフ： はい、首都圏と地下鉄のがありますが。

工作人員：好的，有首都圏和地下鐵的。

Eiko： 両方ともお願いします。

Eiko： 兩種都要。

スタッフ： はい、どうぞ。

工作人員：好的。

Eiko： ありがとうございます。すみません、ここ、どうやって行きますか？

Eiko： 謝謝。不好意思，請問這裡怎麼去？（小提醒：記得拿著相片等資訊問喲）

スタッフ： まず山手線に乗って、東京駅で京葉線に乗り換えてください。

工作人員：首先請搭乘山手線，到東京車站後換搭京葉線。

Eiko： えっと、山手線に乗って東京駅で…。

Eiko： 嗯…搭山手線到東京車站…。（小提醒：建議複誦記得的句子以表示後面仍不清楚）

スタッフ： 京葉線に乗り換えてください。

工作人員：再換搭京葉線。

Eiko： はい、京葉線に乗り換えて…。

Eiko： 是，再換搭京葉線…。

スタッフ： そして、舞浜駅で降りてください。

工作人員：然後在舞濱車站下車。

Eiko： すみません、書いてもらえませんか？

Eiko： 不好意思，能幫我寫下來嗎？

スタッフ： はい。少々お待ちください。どうぞ。

工作人員：好的，請稍等。給你。

Eiko： ありがとうございました。すみません、JR PASSは使えますか？

Eiko： 謝謝。不好意思，請問可以使用 JR PASS 嗎？

スタッフ： はい、大丈夫です。

工作人員：可以，沒問題。

Eiko： あ、あと、舞浜駅までは何番線ですか？

Eiko： 啊！還有，請問到舞濱車站是第幾月台？

スタッフ： 5番線です。こちらの階段を下りてください。右側です。

工作人員：第五月台。請從這邊的樓梯下去。月台在右手邊。

Eiko： どうもありがとうございました。

Eiko： 謝謝您。

聽的關鍵字 — 聽懂關鍵不再緊張！

首都圏と地下鉄

- 「首都圏」：「首都圏」。指以東京車站為中心半徑100公里內的地區。
- 「と」：請參照p.16説明。
- 「地下鉄」：「地下鐵」。也以「メトロ（metro）」表現。

山手線に乗って

- 「山手線」：「山手線」。位於東京的鐵路線。由 JR 東日本營運。
- 「～に乗って」：「～に乗ります」=「坐／騎／搭乘～」。「～に乗って」為動詞て形，為接續「～て（で）ください」使用。在此句中省略了「ください」。

京葉線に乗り換えてください

- 「京葉線」：「京葉線」。屬於 JR 東日本的鐵道線。
- 「～に乗り換えてください」：「～に乗り換えます」=「轉乘～」「～に乗り換えて」為動詞て形，為接續「～て（で）ください」使用。

舞浜駅で降りてください

- 「舞浜駅で」：「在舞濱車站」。

- 「～で降りて」：「～で降ります」=「（在某地點）下來／下車」。「～で降りて」為動詞て形，為接續「～て（で）ください」使用。

こちらの階段を下りてください

- 「こちらの」：「這邊的」。請參照 p.16 說明。
- 「階段」：「階梯／樓梯」。
- 「～を下りて」：「～を下ります」=「（從某處）下／下來」。「～を下りて」為動詞て形，為接續「～て（で）ください」使用。

右側

- 「右側」：「右邊」。

常見方向表	
右（側）	右（邊）
左（側）	左（邊）
前	前
後	後
中	裡面／中間
外（側）	外面（側）
隣	隔壁
まっすぐ	筆直

說的關鍵字 ─ 掌握關鍵回答重點！

路線図が欲しいです

・「路線図」：「路線圖」。

・「～が欲しいです」：「想要～」。「～」為名詞接續。p.81 介紹的「～たいです」＝「想～」，「～」為動詞接續。

両方とも

・「両方とも」：「兩者都」。

ここ、どうやって行きますか？

・「ここ／そこ／あそこ／どこ」：「這裡／那裡／（遙遠的）那裡／哪裡」。p.16 介紹的「こちら」系列為較正式用法。

・「どうやって行きますか？」：「怎麼去？」。「どうやって」＝「怎麼／如何？」，「行きますか？」＝「去／往／走呢（嗎）？」。

書いてもらえませんか？

・「書いて」：「書きます」＝「寫／寫作」。「書いて」為動詞て形，為接續「～て（で）もらえませんか？」使用。

・「～て（で）もらえませんか？」：請參照 p.53 說明。

J R PASS は使えますか？

- 「J R PASS」：「日本鐵路通票」。

- 「は」：請參照 p.28 說明。

- 「使えますか？」：「可以使用嗎？」

あと

- 「あと」：「還有」。

何番線ですか？

- 「何番線ですか？」：「是第幾月台呢？」。「番線」=「月台號碼」。

023

02 電車の乗り方：その二

電車的搭法：第二篇

普通 上野

聽的關鍵字　　說的關鍵字

Eiko： すみません、この電車は原宿に行きますか？

駅員： いいえ、そちらの電車に乗ってください。

Eiko： わかりました。ありがとうございます。

Eiko： すみません、表参道への出口は何番ですか？

駅員： 表参道ですか？この駅ではありませんよ。次の駅です。

Eiko： えっ？そうですか！歩いて行けますか？

駅員： ちょっと遠いんですけど、行けます。

Eiko： どのくらいかかりますか？

駅員： 20分くらいですかね…。

Eiko： すみません、道を教えてもらえませんか？

駅員： そうですね。この道をまっすぐ行って、突き当りを右に曲がってください。

Eiko： は…はい。

駅員： 書きましょうか？

Eiko： ありがとうございます。お願いします。

Eiko： 不好意思，這班電車有到原宿嗎？

站務員：沒有，請搭那邊的電車。

Eiko： 我知道了，謝謝。

Eiko： 不好意思，請問往表參道的出口是幾號？

站務員：表參道嗎？不是這站喲！是下一站。

Eiko： 咦？這樣啊！走得到嗎？

站務員：雖然有點遠但走得到。

Eiko： 大概要多久？

站務員：大概 20 鐘左右吧…。

Eiko： 不好意思，可不可以告訴我怎麼走？

站務員：好啊！這條路直直走，走到盡頭請右轉。

Eiko： 好…好的。

站務員：幫妳寫下來吧？

Eiko： 謝謝。麻煩你。

聽的關鍵字 ─ 聽懂關鍵不再緊張！

ではありません

・「～ではありません」：「不是～」。表示否定句。請參照 p.11「～です」
的說明。

次の駅

・「次の駅」：「下一站」。「次」＝「其次／下一個」。

ちょっと遠い

・「ちょっと」：請參照 p.95 的說明。

・「遠い」：「（距離）遠的」。「近い」＝「（距離）近的」。

この道をまっすぐ行って、突当りを右に曲がってください

・「この道」：「這（個／條）路」。「この～」請參照 p.95 說明。

・「を」：表示「穿越／經過」的助詞。

・「まっすぐ行って」：「まっすぐ」＝「筆直」，「行きます」＝「去／
往／走」。「行って」為動詞て形，為接續「～て（で）ください」
使用。在此句中省略了「ください」。

・「突当り」：「盡頭」。

- 「～を右に曲がって」：「～を～に曲がります」＝「在～往～轉彎」。

  「曲がって」為動詞て形，為接續「～て（で）ください」使用。

書きましょうか？

- 「書きましょうか？」：「幫你寫吧？」。「書きます」＝「寫／寫作」。

  「～ましょうか？」請參照 p.32 說明。

說的關鍵字 —— 掌握關鍵回答重點！

この電車は原宿に行きますか？

- 「この電車」：「這（個／班）電車」。「この～」請參照 p.95 說明。

  在這裡以「班」接續「電車」。

- 「は」：請參照 p.28 說明。
- 「原宿」：「原宿（車站）」。
- 「に」：助詞，表示前往的目的地。
- 「行きますか？」：「去／往／走呢（嗎）？」。在這裡作為「前往」

  使用。

表参道への出口は何番ですか？

- 「表参道」：「表參道」。為東京明治神宮的一條參道，現為周邊一帶的總稱。
- 「～への出口」：「往～的出口」。
- 「は」：請參照 p.28 說明。
- 「何番ですか？」：「是幾號呢？」。

歩いて行けますか？

- 「歩いて行けますか？」：「走得到嗎？」。「歩いて行きます」＝「走路去」。「行けます」為動詞可能形的表現，意為「可以去」。

どのくらいかかりますか？

- 「どのくらい」：「大概多久／多少？」。用於詢問時間與金錢。
- 「かかりますか？」：「かかります」＝「花費／需要」。

道を教えてもらえませんか？

- 「道」：「道／道路」。
- 「～を教えて」：「～を教えます」＝「教授／告知」。「～を教えて」為動詞て形，為接續「～て（で）もらえませんか？」使用。
- 「～て（で）もらえませんか？」：請參照 p.53 說明。

は…はい

- 「は…はい」：「好…好的」。為表現「雖然同意但有點困惑」的用法。

03 バスの乗り方

公車的搭法

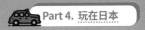

Eiko： すみません、このバスは渋谷駅に行きますか？

運転手：いいえ、10番のバスに乗ってください。

Eiko： はい、ありがとうございます。

Eiko： 不好意思，這班公車有到澀谷車站嗎？

司機： 沒有，請搭 10 號公車。

Eiko： 好的，謝謝。

Eiko： すみません、渋谷駅までいくらですか？

運転手： 320円です。

Eiko： ありがとうございます。

Eiko： 不好意思，請問到澀谷車站多少錢？

司機： 320 日圓。

Eiko： 謝謝。

Eiko： すみません、渋谷駅まで時間はどのくらいかかりますか？

運転手：20分ぐらいかかります。

Eiko： ありがとうございます。

Eiko： 不好意思，請問到澀谷車站要多久時間？

司機： 20 分鐘左右。

Eiko： 謝謝。

Eiko： すみません、渋谷駅まであといくつですか？

運転手：あと2つです。

Eiko： ありがとうございます。

Eiko： 不好意思，請問到澀谷車站還有幾站？

司機： 還有 2 站。

Eiko： 謝謝。

 **聽**的關鍵字 ── 聽懂關鍵不再緊張！

じゅう ばん
10 番

- 「10 番」：「10 號」。公車號碼與數字息息相關，建議大家數字一定
  要記得喔！詳細請參照附錄 p.184〈數字表〉。另外，若是反方向的
  站牌的話會說「反対側」。

さんびゃくにじゅうえん
３２０円

- 「３２０円」：「320 日圓」。在這裡也可以拿出一日券或 Suica（關
  東）詢問是否可以使用，詳細請參照 p.115「ＪＲ PASS は使えます
  か」的說明。

にじゅっぷん
20分

- 「20分」：「20 分鐘」。請參照附錄 p.185 ＜時間表＞。

ふた
2つ

- 「2つ」：「2（站）」。請參照 p.18 說明。在這裡中譯為「站」。

說的關鍵字 —— 掌握關鍵回答重點！

このバスは渋谷駅に行きますか？

- 「このバス」：「這（個／班）公車」。「この～」請參照 p.95 說明。
- 「は」：請參照 p.28 說明。
- 「渋谷駅」：「澀谷車站」。
- 「～に行きますか？」：「有去（到）～嗎？」。請參照 p.119 說明。

渋谷駅までいくらですか？

- 「～まで」：請參照 p.68 說明。在詢問中建議要加上欲前往的地點會比較清楚喲！
- 「いくらですか？」：請參照 p.95 說明。

時間はどのくらいかかりますか？

- 「時間」：「時間」。
- 「は」：請參照 p.28 說明。
- 「どのくらいかかりますか？」：請參照 p.120 說明。

あといくつですか？

- 「あと」：請參照 p.115 說明。
- 「いくつですか？」：「多少站（份／個／間…，無固定中譯）？」，「いくつ」為數量的疑問詞。數量詞的說法請參照附錄 p.182〈常用數量詞表〉。

04 レンタカーを
借りる
租車

| 聽的 關鍵字 | 說的 關鍵字 |

Eiko： こんにちは。本日受け取りを予約しているEikoです。

Eiko： 您好。我是預約今天取車的Eiko。（小提醒：可以一併遞交護照、國際駕照、信用卡及列印的預約資料等以方便作業喲）

スタッフ： こんにちは。確認いたします。こちらにお掛けください。

工作人員：您好，我確認一下。請在這邊稍坐一下。

Eiko： はい。あのう、すみません、車種の変更は可能ですか？

Eiko： 好。那個，不好意思，請問可以改車種嗎？

スタッフ： そうですね、こちらの車に変更できます。

工作人員：嗯～可以改成這邊的車。

Eiko： いくらになりますか？

Eiko： 會變多少錢？

スタッフ： 一日3000円です。

工作人員：一天3000日圓。

Eiko： わかりました。えっと、10月17日まで延長できますか？

Eiko： 我知道了，那可以延長到10月17號嗎？

スタッフ： 確認いたします。…大丈夫です。

工作人員：我確認一下。…沒問題。

Eiko： じゃ、それでお願いします。

Eiko： 那請幫我改成那樣。（小提醒：請再確認一次車種及延長日期喲）

スタッフ： かしこまりました。

工作人員：我知道了。

スタッフ： お待たせしました。こちらが車の鍵です。それから、返却時にはガソリンを満タンにしてください。

工作人員：讓您久等了。這是車子的鑰匙。然後還車時請加滿油。

Eiko： すみません、ガソリンスタンドはどこにありますか？

Eiko： 不好意思，請問加油站在哪裡？

スタッフ： まっすぐ行って左側です。

工作人員：直走後在左手邊。

Eiko： わかりました。ありがとうございます。

Eiko： 我知道了，謝謝。

◎請注意駕車安全，如遇狀況請參照附錄 p.190〈交通事故對應法〉處理。

聽的關鍵字 ── 聽懂關鍵不再緊張！

お掛(か)けください

・「お掛(か)けください」：「請坐」。「座(すわ)ってください」的敬語。

一日(いちにち)3000円(えん)

・「一日(いちにち)3000円(えん)」：「一天3000日圓」。記得要聽清楚計價方式唷！（參照附錄 p.187〈期間表〉）

ガソリンを満(まん)タン

・「ガソリンを満(まん)タン」：「加滿油」。

說的關鍵字 ── 掌握關鍵回答重點！

本日(ほんじつ)受(う)け取(と)りを予約(よやく)している Eiko です

・「本日(ほんじつ)」：「今天」，「今日(きょう)」的禮貌表現。
・「受(う)け取(と)り」：「收領」。在這裡作為「取車」使用。
・「～を予約(よやく)している Eiko です」：「有預約～的 Eiko」。

車種の変更は可能ですか？

・「車種の変更」：「變更車種」。

・「は」：請參照 p.28 說明。

・「可能ですか？」：「能夠嗎？」。

いくらになりますか？

・「いくら」：請參照 p.95 說明。

・「～になりますか？」：「變成～」。

10月17日まで延長できますか？

・「10月17日まで」：「到 10 月 17 號」。（請參照附錄 p.186〈日期表〉）

・「延長できますか？」：「可以延長嗎？」。

それでお願いします

・「それでお願いします」：「麻煩就（以）那樣（處理）」。

ガソリンスタンド

・「ガソリンスタンド」：「加油站」。「請加滿油」＝「レギュラー満
タンでお願いします」。

026

05 忘れ物をしちゃった！

弄丢東西了！

お忘れ物承り所

聽的 關鍵字　　說的 關鍵字

Eiko： すみません、忘れ物をしました。

駅員： 何を忘れましたか？

Eiko： お財布です。

駅員： どこに忘れましたか？

Eiko： さっきの東京行きの電車の中です。

駅員： お財布は何色ですか？

Eiko： 黒です。中に台湾元が入っています。

駅員： 少々お待ちください。

Eiko： はい、よろしくお願いします。

駅員： 見つかりました。品川駅のお忘れ物
承り所で受け取ってください。

Eiko： はい、どうもありがとうございます！

Eiko： 不好意思，我把東西弄丟了。

站務員：掉了什麼？

Eiko： 錢包。

站務員：掉在哪裡？

Eiko： 在剛剛那班往東京的電車裡。

站務員：您錢包是什麼顏色呢？

Eiko： 黑色的。裡面有放台幣。

站務員：請稍等。

Eiko： 好，麻煩你。

站務員：找到了。請到品川車站的失
物招領處領回。

Eiko： 好的，非常謝謝您！

聽的關鍵字 ── 聽懂關鍵不再緊張！

どこに忘れましたか？

・「どこに」：「在哪裡」。為本句的主要關鍵字。

・「忘れましたか？」：「忘（掉）了？」

何色ですか？

・「何色ですか？」：「什麼顏色呢？」。參照 p.86〈常見顏色表〉。

見つかりました

・「見つかりました」：「找到了」。「見つかりませんでした」=「沒
　找到」。

お忘れ物 承り所で受け取ってください

・「お忘れ物 承り所」：「失物招領處」。

・「〜で受け取ってください」：「請在〜領取」。

說的關鍵字 ── 掌握關鍵回答重點！

忘れ物をしました

・「忘れ物をしました」：直譯為「把東西忘（掉）了」，也就是「把東西弄丟了」。

お財布

・「お財布」：錢包

常見遺失物品表	
バッグ・カバン	包包
お財布	錢包
パスポート	護照
切符・チケット	車票
傘	傘
紙袋／ビニール袋	紙袋／塑膠袋
帽子／ジャケット／メガネ	帽子／外套／眼鏡
携帯／タブレット／パソコン	手機／平板／電腦

さっきの東京行きの電車の中です

- 「さっき」：「剛剛／剛才」。請告知搭乗的時間點。（参照附録 p.185 時間表）

- 「東京行き」：「往東京」。請告知行經方向或終點站名。

- 「電車の中」：「電車的裡面」。請告知遺失位置。

常見遺失位置表	
電車の中	電車裡
トイレの中	廁所裡
切符売場	售票處
ドアの横	車門邊
網棚の上	行李架上
座席の上／下	座位上／下
ホーム	月台上
ベンチの上／下	候車椅／上下

中に台湾元が入っています

- 「中に～が入っています」：「裡面放了～」。請告知物品特徴。
- 「台湾元」：「台幣」。

奔走跑跳日文通

交通必用 10 句話

切符売り場はどこですか？ 賣票的地方在哪裡？	可將「**切符**」代換成其他商品，即表示販賣其商品的地方。
コインロッカーはどこですか？ 置物櫃在哪裡？	置物櫃的位置除了方位之外，樓層也會是需要注意的關鍵字喲！
周遊券を買いたいです。 我想買周遊券。	可將「**周遊券**」代換成其他票券。
チャージは駅の中でできます。 車站內可以儲值。	可儲值的有「**自動券売機**」、「**自動精算機**」、「**入金機**」等。
チケットを失くしてしまいました。 把（車）票弄丟了。	**チケット＝切符**
エスカレーターで上がってください。 請搭手扶梯上樓。	請搭手扶梯下樓則為「**エスカレーターで下りてください。**」
エレベーターで上に上がってください。 請搭電梯上樓。	請搭電梯下樓則為「**エレベーターで下に下りてください。**」

改札口を通れません。
無法通過剪票口。

顯示「**エラー**」即為有誤。

シートを倒します。
我要把椅背往後倒。

在日本有告知後方乘客我們要將椅背
向後倒的習慣。

シートベルトをお締めください。
請繫好安全帶。

可在機上等多處見到，大家可以多留
意看看囉！

◎**有底線的部分可自行帶入其他單字喲!**

熱門打卡關鍵字

SNS 上的熱門 20 hashtag			
#出発	#出發	#癒やされる	#被治癒
#到着	#抵達	#楽しむ	#享受
#行ってきます	#出門囉 （招呼語）	#幸せな時間	#幸福的時光
#移動中	#移動中	#あっという間	#一瞬間
#沖縄行き	#往沖繩	#美しい	#美麗 （多形容景色）
#沖縄へ	#去沖繩	#ステキ	#很棒
#ドライブ	#兜風	#贅沢	#奢侈
#絶景	#絶景	#生きがい	#人生的意義
#スポット	#景點	#料金	#費用
#インスタ映え	#IG熱門	#レンタカー	#租車

138

SNS 上的熱門 5 句話

日本に到着！ 到日本了！	・「～に到着」＝「到～了」 例：東京に到着！（到東京了！）
ここは見逃せないスポットだ！ 這裡是必去景點！	・「～は見逃せないスポットだ」＝「～是必去景點」 用於不容錯過、一定要去的地方 例：お台場は見逃せないスポットだ！（台場是必去景點！）
本当に新宿最高だ！ 新宿真的太棒了！	・「本当に～最高だ」＝「～真的太棒了」 例：本当に東京タワー最高だ！（東京鐵塔真的太棒了！）
これは夏の思い出だ！ 這是夏天的回憶！	・「これは～思い出だ」＝「這是～（的）回憶」 「～」可帶入以下四種接續： 「名詞＋の」 「い形容詞」 「な形容詞＋な」 「動詞普通語」 例：これは青春の思い出だ！（這是青春的回憶！） これは美しい思い出だ！（這是美好的回憶！） これは素敵な思い出だ！（這是很棒的回憶！） これは笑える思い出だ！（這是會笑的回憶！）
良かったら皆も草津でゆっくりしてみてね！ 可以的話大家也試試在草津慢活吧！	・「良かったら皆も～でゆっくりしてみてね」 ＝「可以的話大家也試試在～慢活吧」 例：良かったら皆も横浜でゆっくりしてみてね！ （可以的話大家也試試在橫濱慢活吧！）

◎有底線的部分可自行帶入其他單字，查查看你的SNS 喲！

Eiko のお遊び日記

あそ　にっき

皆さん、こんにちは。お遊び日記では、皆さんもよく知っていると思う2つのビッグイベントを語りたいと思います。1つは花火大会で、もう1つはスキーです。

ちょうど1つは夏で、もう1つは冬ですね☺！

まずは夏の花火大会です。日本のたくさんのドラマや漫画の中で、これはよく出てくるシーンだと思います。花火大会というイベントは、恋人とのデートの場であったり、友達との集まりの場であったりもします。浴衣や甚平を着て、一緒に夏の夜空を美しく彩る花火を見るのは、とてもロマンチックでしょう。初めて参加した花火大会はもちろん、前のところでもお話しした2005年の時でした。初めて家族旅行で東京に行ったんですが、その時は、2005年日本国際博覧会（万国博覧会）を見るため、名古屋に行きまし

北國花火 2013 金澤大會與高中好友合影

た。その時、浴衣や甚平を着たパワフルな男女たちが、夕方名古屋港にやってくるのを見て、日本人の夏って、幸せなものだなと思いました。それ以来、なぜか、日本に行くのはいつも冬でした。そのため、次に行った花火大会は、2013年7月の時の北國花火2013金沢大会でした。その時高校時代の親友たちが来日していて、ちょうど花火大会が行われていたので、皆新しい浴衣や甚平を買って、一緒にスペシャルな日本の夏の夜を満

準備搭乘纜車時的留影

喫しました。これは多分、今までの人生の中で、一番印象深い花火大会ではないだろうかと思います😁。

次は冬のスキーです。
2013年の初め、これからの仕事の下見のため、石川県に行きました。白い雪が舞い降りるシーズンに、スキーをやってみないわけにはいかないと思いました！そして、地元の親友にお願いし、大倉岳高原スキー場に連れていってもらいました。友達が初心者の私たちの代わりにスキー教室に申し込んでくれたんですが、その時、何人かは日本人の方だったので、どうして日本人なのにスキー教室にいるのか興味を持ち、聞いてみたら、沖縄からだということでした。そうですね！沖縄は、雪が降らないものですね😆！実は、日本は全国雪が降るわけではないので、初心者とか、スキー嫌いな人も少なくはないようです。そのため、スキーの経験がなくても心配することがなく、スキー場では初心者が練習できるように、ほどんとスキー教室があります。また私的には何となく、もしインラインスケートができるなら、スキーもうまくいくことが多い、また、サーフィンかスケートボードができるなら、スノーボードのほうが上達しやすい気がします。私がスキーをした時、一番怖いと思ったのはリフトの乗降でした。止まらないリフト、シートベルトがないリフト、乗降のタイミングを自分で見計らわなければならないリフト、それはドキドキしないわけないでしょう😊！

Eiko 的玩樂日記

大家好,玩樂日記裡,想分享兩個大家應該都很熟悉的大活動,一個是花火大會,一個是滑雪。剛好一個在夏天,一個在冬天呢 (^_^)!

首先是夏季的花火大會,在許多的日劇或漫畫當中,應該都是很常見的一幕,這是一個可以男女朋友約會、也可以朋友們一起聚首的活動。在夏夜裡,穿上浴衣和甚平,一起看美麗的花火綻放,真的非常浪漫。我第一次參加的花火大會,當然就是前面一直提到的2005年,第一次到東京的那趟家族旅遊中,為了參加2005年日本國際博覽會(萬國博覽會),我們也去了名古屋。當時看著穿著浴衣和甚平的男男女女,在傍晚時充滿熱情活力地湧入名古屋港,覺得日本人的夏天好幸福啊!在那之後,不知為何總是在冬天去日本,所以下一次再參加花火大會,是2013年7月時的北國花火2013金澤大會。當時高中時代的好朋友們來到日本,時逢花火大會,於是大家都買了新的浴衣和甚平一同享受了特別的日本夏夜。這應該是我人生裡目前印象最深刻的花火大會了 (^_^)!

再來是冬季的滑雪,在2013年初,為接下來的工作做準備去了一趟石川縣,在白雪紛飛的時節裡,當然要嘗試一下滑雪囉!於是請當地的好朋友帶我們來到了大倉岳高原滑雪場。朋友幫沒有滑雪經驗的我們報名了滑雪教室,記得當時還有另外幾位日本人同學一起上課,因為很好奇怎麼日本人還會需要上滑雪課,一問之下原來他們來自沖繩,對啊!沖繩也不會下雪呀 (^_^)!其實日本並不是全國都會下雪,所以第一次滑雪或是不喜歡滑雪的也大有人在。所以如果沒有滑雪經驗也不用擔心,滑雪場幾乎都會有滑雪教室可以練習,並且我個人覺得,如果會直排輪的話,滑雙板會比較快上手,而會衝浪或是滑板的話,則是單板應該會比較快上手囉!整個滑雪最令我害怕的反而是搭乘纜車的時候,不會停下的纜車、沒有安全帶的纜車、只能自己抓準時機上下車的纜車,怎能不令人心跳加速呢 (^_^)!

Part 5

聊在日本
Chatting in Japan!

> 用日文交個朋友吧！

027

01 初めての挨拶

初次問候

聽的關鍵字　　說的關鍵字

田中：初めまして、田中です。どうぞよろしくお願いします。	田中：妳好初次見面，我姓田中，請多多指教。
Eiko：初めまして、Eiko です。どうぞよろしくお願いします。	Eiko：妳好初次見面，我叫 Eiko，請多多指教。
田中：Eiko さんはどちらからいらっしゃいましたか？	田中：請問 Eiko 小姐是從哪裡來的呀？
Eiko：台湾です。	Eiko：從台灣來的。
田中：あ！台湾ですか！私は2回行ったことがありますよ！	田中：啊！台灣啊！我有去過兩次喲！
Eiko：そうですか！ありがとうございます。どこへ行きましたか？	Eiko：這樣啊！謝謝妳。去了哪裡呢？
田中：えっとー、台北ですね。あと九份も行きました。	田中：嗯～去了台北。還有也去了九份。
Eiko：へえー、すごいですね！2回とも台北ですか？	Eiko：哦～很棒耶！兩次都是去台北嗎？
田中：そうですね！	田中：對呀！
Eiko：じゃ今度はぜひ高雄とか、花蓮とかへも、行ってみてください。	Eiko：那下次一定要去看看高雄、花蓮。
田中：はい、ぜひ行ってみたいです！	田中：好，下次一定去！
Eiko：その時、ぜひ私に連絡してくださいね！	Eiko：到時記得聯絡我喔！

聽的關鍵字 —— 聽懂關鍵不再緊張！

初めまして、田中です。どうぞよろしくお願いします

- 「初めまして」：「你好，初次見面」。與「どうぞよろしくお願いします」＝「請多多指教」為一組。

- 「田中です」：「我姓田中」。日本人在初次見面中通常會以姓氏互相稱呼。

- 此段話為在初次見面認識新朋友時的必用招呼語。

Eiko さん

- 「Eiko さん」：與「說的關鍵字」的第一句「Eiko です」做比較，自稱不加「さん」，當我們要稱呼田中時，也要記得是「田中さん」喔！

- 「さん」：「先生／女士」，敬稱。「樣」是其更有禮貌的用法，請參照 p.10 說明。

いらっしゃいました

- 「いらっしゃいました」：「来ます」＝「來／到來」，「いらっしゃいます」為敬語，「いらっしゃいました」為過去式。日本人對於陌生人有可能會以敬語表達。

行ったことがあります

- 「行った」：「行きます」=「去／往／走」。「行った」為動詞た形，為接續「～たことがあります」使用。
- 「～たことがあります」：「有～過」。前以動詞た形接續。

 ## 說的關鍵字 ── 掌握關鍵回答重點！

Eiko です

- 「Eiko です」：「我叫 Eiko」。自我介紹時請盡量簡化自己的名字，比起中文名字的英譯，介紹自己的英文名字會更容易拉近距離喲！

ありがとうございます

- 在這裡的「謝謝」為感謝對方來過台灣。

どこへ行きましたか？

- 「どこ」：請參照 p.114 說明。
- 「～へ行きましたか？」：「去了～嗎／呢？」

2回とも

- 「2回とも」：「兩次都」。

今度はぜひ高雄とか、花蓮とかへも、行ってみてください

- 「今度」：「下一次」。
- 「ぜひ」：「務必／一定」。
- 「～とか、～とか」：「～啦、～啦」。表示舉例、並列。
- 「～へも行って」：「行きます」＝「去／往／走」。「行って」為動詞て形，為接續「～てみてください」使用。
- 「～てみてください」：「請～看看」。前以動詞て形接續。

その時、ぜひ私に連絡してください

- 「その時」：「那（個）時候」。「その～」＝「那（個）～」，請參照p.95説明。
- 「私」：「我」。日文中最安全的自稱用法。
- 「～に連絡してください」：「請聯絡～」。「～」代入人稱即可。

028

02 SNSの交換

エスエヌエス　こうかん

交換SNS

Eiko： 田中さん、フェイスブックを使っていますか？

田中： フェイスブックですか？私はあんまり使っていませんが、インスタなら使っていますよ！

Eiko： へえー、そうですか！じゃ、インスタのＩＤを教えてもらえませんか？

田中： いいですよ！tatana です。フォローお願いしますね！

Eiko： はい、今フォローしますね！

田中： あ！Eiko さんもラインを使っていますか？

Eiko： ええ！台湾もラインをよく使っていますよ！交換しませんか？

田中： はい！ぜひぜひ！

Eiko： Ｑ Ｒ Code はこちらです。

田中： はい、今スタンプ送りますね！

Eiko： はい、ありがとうございます。

Eiko： 田中小姐有在用 Facebook 嗎？

田中： Facebook 嗎？我沒什麼在用耶，但有在用 Instagram 喲！

Eiko： 哦～這樣啊！那可以告訴我 Instagram 的 ID 嗎？

田中： 好啊！是 tatana。要加我喔！

Eiko： 好，我現在加妳喔！

田中： 啊！Eiko 小姐也有在用 LINE 哦？

Eiko： 對啊！台灣也很常用 LINE 喔！來交換吧？

田中： 好啊！來換來換！

Eiko： QR Code 在這邊。

田中： 嗯嗯，現在傳貼圖給妳喔！

Eiko： 好，謝謝妳。

聽的關鍵字 —— 聽懂關鍵不再緊張！

あんまり

・「あんまり」：「非常、太」，後面通常加否定句。本會話接續了「使っていません」，整句的意思就會是「沒什麼在用、不常用」。

インスタなら

・「インスタ」：「インスタグラム」＝「Instagram」。
・「なら」：請參照 p.90 說明。在這裡作為「如果是…」使用。

ライン

・「ライン」：「LINE」。

スタンプ送ります

・「スタンプ」：「stamp」＝「貼圖」。
・「送ります」：「送、寄、傳遞」。在這裡作為「傳送」使用。

說的關鍵字 —— 掌握關鍵回答重點！

フェイスブックを使っていますか？

- 「フェイスブック」：「Facebook」。
- 「～を使っていますか？」：「有在使用～嗎」。

へえー、そうですか！

- 「へえー↗」：「哦～↗」，語助詞，語尾上揚，表示驚訝。
- 「そうですか↘」：請參照 p.48 說明。

ID を教えてもらえませんか？

- 「I D」：「ID」。
- 「～を教えてもらえませんか？」：請參照 p.120 說明。

フォローします

- 「フォローします」：「フォロー」＝「follow」＝「追蹤」，加上「します」表示動作。

交換しませんか？

- 「交換します」：「交換」。「交換します」→「交換しません」，否定表現再加上「か」為邀約的詢問方式。

Q R Code

- 「Q R Code」：「QR Code」。

03 遊_{あそ}びの誘_{さそ}い

邀約出遊

聽的 _{關鍵字}　說的 _{關鍵字}

Eiko：　もしもし、Eiko です。	Eiko：　喂，我是 Eiko。
田中：　もしもし、田中です。Eiko さん、来週の土曜日、一緒によこはまコスモワールドへ行きませんか？	田中：　喂，我是田中。Eiko 小姐、下週六要不要一起去橫濱 COSMOWORLD 玩？
Eiko：　え？それは何ですか？	Eiko：　嗯？那是什麼？
田中：　横浜にある遊園地ですよ！	田中：　在橫濱的遊樂園喲！
Eiko：　あ！遊園地ですか！いいですね！	Eiko：　啊！是遊樂園啊！好耶！
田中：　何時がいいですか？	田中：　要約幾點？
Eiko：　私は何時でもいいですよ！田中さんに合わせます。	Eiko：　我幾點都可以喲！配合田中小姐的時間。
田中：　そうですか！じゃ、朝 10 時に入り口で待ち合わせましょう。	田中：　這樣啊！那，早上 10 點在遊樂園入口見吧。
Eiko：　はい、わかりました。楽しみにしています！	Eiko：　好，我知道了。好期待！
Eiko：　うわー、きれいですね！	Eiko：　哇～好漂亮喔！
田中：　そうですね！観覧車がいいですね！次、ジェットコースターはどうですか？	田中：　對啊！摩天輪很棒對吧！下一個來去玩雲霄飛車如何？
Eiko：　おー！怖そうですね！	Eiko：　哦～！看起來很可怕！
田中：　行きましょう！	田中：　走吧走吧！

155

来週の土曜日

- 「来週」：「下週」。

週間／年間六部曲	
今週／今年	這週／今年
来週／来年	下週／明年
再来週／再来年	下下週／後年
先週／去年	上週／去年
先々週／一昨年	上上週／前年

- 「の」：「的」。用來連接兩個名詞，例：「名詞の名詞」。
- 「土曜日」：「禮拜六」。

星期一～星期日	
月曜日	星期一
火曜日	星期二
水曜日	星期三
木曜日	星期四
金曜日	星期五
土曜日	星期六
日曜日	星期日

遊園地

・「遊園地」：「遊樂園」。在邀約出遊的對話中，可將「遊園地」代入
其他行程如：美術館（美術館）／博物館（博物館）／動物園（動物
園）／ハイキング（健行）／ショッピングモール（購物中心）等等。

何時がいいですか？

・「何時」：請參照 p.53 說明。
・「〜がいいですか」：「〜好呢？」。

朝 10 時に入り口で待ち合わせましょう

・「朝 10 時」：請參照 p.52 說明。
・「に」：表示「特定時間點」的助詞。
・「入り口」：「入口」。
・「待ち合わせましょう」：「待ち合わせます」＝「等候會面」。「待
ち合わせます」→「待ち合わせましょう」。
・「〜ましょう」：「一起〜吧！」。

行きましょう

・「行きましょう」：「行きます」＝「去／往／走」。「行きます」→
「行きましょう」。
・「〜ましょう」：「一起〜吧！」。

說的關鍵字 —— 掌握關鍵回答重點！

何^{なん}ですか？

· 「何^{なん}ですか？」：「是什麼呢？」

～でもいいです

· 「～でもいいです」：「～都好」。前以疑問詞接續。

常見的用法	
何^{なん}でもいいです。	什麼都好。
誰^{だれ}でもいいです。	誰都好。
いつでもいいです。	什麼時候都好。
どこでもいいです。	哪裡都好。
どうでもいいです。	怎樣都好。
どれでもいいです。	哪個都好。 ※用於三者以上選一
どちらでもいいです。	哪邊（位／個／裡）都好。 ※用於二選一

田中^{た なか}さんに合^あわせます

· 「～に合^あわせます」：「配合～」。

楽<ruby>たの</ruby>しみにしています

・「楽<ruby>たの</ruby>しみにしています」：「期待著」，為邀約場面中的常用句，大家
有機會一定要說看看喲！。

怖<ruby>こわ</ruby>そうです

・「怖<ruby>こわ</ruby>そうです」：「看起來很可怕」。「怖<ruby>こわ</ruby>い」＝「可怕的／害怕的」。
「怖<ruby>こわ</ruby>い＋そうです」＝「看起來～」。

030

04 カルチャー
ショック

文化衝撃

聽的關鍵字　　說的關鍵字

Eiko： ごめんなさい！遅れました！

田中： Eikoさん！大丈夫ですか？

Eiko： 大丈夫です。携帯をうちに忘れてしまって…。

田中： そうですか！

Eiko： 本当にごめんなさい。… そういえば、どうして日本では遅刻に厳しいんですか？

田中： そうですね！子供のころからそういうふうに教育されていますからね。

Eiko： へえー、すごいですね！

田中： ですから、日本人は一般的に5分前に着くようにしています。

Eiko： へえー、5分前ですかー！

田中： ま、日本人は時間を守ることを大切に思っていますからね。

Eiko： はい、勉強になりました！これから気をつけます！

Eiko： 對不起！我遲到了！

田中： Eiko小姐！妳沒事吧？

Eiko： 沒事。我不小心把手機忘在家裡了…。

田中： 這樣啊！

Eiko： 真的很對不起（小提醒：記得再次道歉）。…說到這，為什麼日本對於遲到這麼嚴格呢？

田中： 嗯～。我們從小就被那樣教育呀！

Eiko： 哦～，好厲害喔！

田中： 所以日本人通常會提早5分鐘到。

Eiko： 哦～，5分鐘前嗎～！

田中： 嗯，因為日本人覺得守時很重要吧！

Eiko： 是！受教了！之後會注意的！

聽的關鍵字 ── 聽懂關鍵不再緊張！

子供_{こども}のころからそういうふうに教育_{きょういく}されてい ますからね

- ・「子供のころ_{こども}」：「孩子的時候」。
- ・「から」：請參照 p.52 說明。
- ・「そういうふうに」：「像那樣子～」。
- ・「教育_{きょういく}されています」：「教育_{きょういく}します」＝「教育_{きょういく}」。「教育されています」 為被動式。意為「被教育」。
- ・「から」：「因為…所以…」，表示原因理由。
- ・　此為日本人常用於回答各種文化類問題時的用句。

◎在本會話裡是以「我方提出問題」 為主要設定，對方的回答會依提出的 問題而異，故接下來的「說的關鍵字」的內容則為學習重點。建議大家感 受到文化差異時大膽詢問喲！如：電車中不講電話。

說的關鍵字 ── 掌握關鍵回答重點！

ごめんなさい！遅^{おく}れました！

- 「ごめんなさい」：「對不起」。「すみません」＝「不好意思」。
- 「遅^{おく}れました」：「遅^{おく}れます」＝「遲到／落後」，動詞。「遅^{おく}れました」
  為過去式。

携帯^{けいたい}をうちに忘^{わす}れてしまって…

- 「携帯^{けいたい}」：「携帯電話^{けいたいでんわ}」＝「手機」。
- 「～をうちに忘^{わす}れて」：「把～忘在家裡」。「～を忘^{わす}れます」＝「忘記」。
  「～を忘^{わす}れて」為動詞て形，為接續「～て（で）しまって」使用。
- 「～て（で）しまって…」：「～て（で）しまいます」＝「懊惱、後
  悔的情緒表現，無中譯」，另也有「完成」之意。前以動詞て形接續，
  口語中常以「～ちゃ（じゃ）って…」表現。

そういえば、どうして日本^{にほん}では遅刻^{ちこく}に厳^{きび}しいんですか？

- 「そういえば」：「這麼說來／說到這」。
- 「どうして」：「為什麼？（正式／禮貌用語）」。其餘「為什麼？」
  的表現還有「なんで？（口語／對需表示禮貌對象不使用）」、「な
  ぜ？（文章用語）」。
- 「日本^{にほん}では」：「在日本」。
- 「遅刻^{ちこく}」：「遲到」，名詞。

- 「〜に厳しい」：「對〜嚴格」。

- 詢問日台文化差異時必用句：「そういえば、どうして日本では〜？」

へえー、すごいですね！

- 「へえー」：請參照 p.153 說明。

- 「すごいですね！」：「好厲害／好棒喔！」

勉強になりました！これから気をつけます！

- 「勉強になりました」：「受教了／學到了」。慣用句。

- 「これから気をつけます」：「之後會小心／注意」。慣用句。

- 在日本旅遊時，若有機會與日本人做交流，記得在感受到文化差異時，除了分享台灣的習慣之外，也記得使用看看這兩句慣用句，入境隨俗學習日本的習慣喲！

031

05 タブーな話題：
断る時

ことわ とき

禁忌話題：拒絕

聽的關鍵字　　說的關鍵字

田中： Eikoさん、明日の夜一緒にご飯を食べませんか？

失礼な言い方

Eiko： あ！ごめん！明日はダメです。

丁寧な言い方

Eiko： ああ、明日の夜はちょっと…。

田中： あ、ダメですか？

Eiko： ええ…。また今度お願いします！

田中： Eiko小姐，明天晚上要不要一起吃飯？

失禮的說法

Eiko： 啊！抱歉，明天不行。

有禮貌的說法

Eiko： 啊～明天晚上我有點…。

田中： 啊，不方便嗎？

Eiko： 對啊…。下次再約我！

032

タブーな話題：収入の話

禁忌話題：收入

聽的關鍵字　　説的關鍵字

Eiko： 田中さん、田中さん、大丈夫ですか？

田中： あ！Eikoさん！大丈夫ですよ！

Eiko： 元気がありませんね！どうしましたか？

田中： はあー、仕事に疲れました。

失礼な言い方

Eiko： そうですかー。今のお給料はいくらで

すか？

丁寧な言い方

Eiko： そうですかー。仕事って大変ですね！

Eiko： 田中小姐、田中小姐、妳還好嗎？

田中： 啊！Eiko小姐！沒事喲！

Eiko： 怎麼沒精神～怎麼了嗎？

田中： 唉～工作好累。

失禮的說法

Eiko： 這樣啊～。現在的薪水多少啊？

有禮貌的說法

Eiko： 這樣啊～。工作這檔事真辛苦啊！

聽的關鍵字 ── 聽懂關鍵不再緊張！

一緒にご飯を食べませんか？

- 「一緒に」：請參照 p.22 說明。
- 「ご飯を食べます」：「吃飯」。「食べます」→「食べません」，否定表現再加上「か」為邀約的詢問方式。

仕事に疲れました

- 「仕事」：「工作／職業」。
- 「～に疲れました」：「對～累了」。

說的關鍵字 ── 掌握關鍵回答重點！

明日はダメです

- 「明日」：請參照 p.80 說明。
- 「ダメです」：「白費的／不行的」。
- 　在這裡，本句回話顯得太直接，未考慮到對方感受，會讓對方受傷喲！

ちょっと…

- 「ちょっと…」：請參照 p.95 說明。在這裡作為「委婉拒絕」時使用。
- 本句中的「…」為猶豫躊躇的表現，故在講的時候會稍微將語尾拉長一點喲！

また今度<ruby>今度<rt>こんど</rt></ruby>お<ruby>願<rt>ねが</rt></ruby>いします

- 「また<ruby>今度<rt>こんど</rt></ruby>お<ruby>願<rt>ねが</rt></ruby>いします」：「下次再麻煩你」。在這裡作為「下次再約」使用。在拒絕對方的邀約後，加上這句話以表示並不是因討厭對方而拒絕邀約。

どうしましたか？

- 「どうしましたか？」：「怎麼了嗎／呢？」。

<ruby>今<rt>いま</rt></ruby>のお<ruby>給料<rt>きゅうりょう</rt></ruby>はいくらですか？

- 「<ruby>今<rt>いま</rt></ruby>のお<ruby>給料<rt>きゅうりょう</rt></ruby>」：「現在的薪水」。「<ruby>給料<rt>きゅうりょう</rt></ruby>」＝「薪水」，加上「お」為敬語表現。
- 「～はいくらですか？」：請參照 p.95 說明。

<ruby>仕事<rt>しごと</rt></ruby>って<ruby>大変<rt>たいへん</rt></ruby>です

- 「<ruby>仕事<rt>しごと</rt></ruby>」：「工作／職業」。
- 「って」：表示「引用／聽說」的助詞。「叫作…／說是…／聽說…」。縮約語。
- 「<ruby>大変<rt>たいへん</rt></ruby>です」：「非常的／驚人的／不容易的／嚴重的」。在此作為「辛苦的」使用。

安安你好日文通

場面必用 10 句話

写真を撮ってもらえませんか？ （請問）可不可以幫我拍照？	前面記得加上「**すみません**」喲！
ちょっと手伝ってもらえませんか？ （請問）可不可以幫我一下？	前面記得加上「**すみません**」喲！
今日はいい天気ですね！ 今天天氣真好呢！	日本人和陌生人搭訕時常聊天氣。
雨が降りそうです。 看起來快下雨了。	可將「**雨**」代換成「**雪**」。
風が強いですね！ 風好大喔！	可將「**風**」代換成「**雨**」。
おいしそうですね！ 看起來好好吃呢！	好吃：**おいしいです**。
好きな日本料理は何ですか？ 喜歡的日本料理是什麼？	可將「**日本料理**」代換成其他名詞。

**台湾のマンゴーかき氷が好きです
よ！**

（我）喜歡台灣的芒果冰喲！

「〜が好きです」表示「喜歡〜」。

すごいですね！

好厲害（棒）喔！

另有「素晴しい」「素敵」等表現。

嬉しいです！

好開心！

用於當下開心的情緒表現，「楽しい
です！」則為長期。

熱門打卡關鍵字

SNS 上的熱門 20 hashtag

#交流会 _{こうりゅうかい}	#交流會	#笑顔が一番 _{え がお いちばん}	#笑容最棒
#仲間 _{なか ま}	#夥伴	#大切なこと _{たいせつ}	#重要的事
#親友 _{しんゆう}	#好友	#ラッキー	#幸運
#友達 _{ともだち}	#朋友	#ハイテンション	#超high
#知り合い _{し あ}	#認識的人	#元気いっぱい _{げん き}	#超有活力
#感謝している _{かんしゃ}	#感謝（著）	#やる気満々 _{き まんまん}	#充滿幹勁
#話し方 _{はな かた}	#說話的方式	#心配 _{しんぱい}	#擔心
#仲良し _{なか よ}	#感情好	#ワクワク	#興奮
#出会い _{で あ}	#相遇	#ドキドキ	#心跳加速
#断捨離 _{だんしゃ り}	#斷捨離	#ムカつく	#生氣（火大）

SNS 上的熱門 5 句話

チカと知り合って良かった！ 認識 <u>Chica</u> 真是太好了！	• 「～と知り合って良かった」＝「認識～真是太好了」 例：田中さんと知り合って良かった！（認識田中真是太好了！）
マコトと出会えて良かった！ 能遇見 <u>Makoto</u> 真是太好了！	• 「～と出会えて良かった」＝「能遇見～真是太好了」 例：鈴木さんと出会えて良かった！（能遇見鈴木真是太好了！）
またダオと会えるのを楽しみにしている！ 期待和 <u>Dao</u> 再相見！	• 「また～と会えるのを楽しみにしている」＝「期待和～相見」 例：また佐藤さんと会えるのを楽しみにしている！（期待和佐藤再相見！）
ゴローも頑張ってね！ <u>Gorou</u> 也要加油喔！	• 「～も頑張ってね」＝「～也要加油喔」 例：木村さんも頑張ってね！（木村也要加油喔！）
また台湾に遊びに来てね！ 要再來<u>台灣</u>玩喔！	• 「また～に遊びに来てね」＝「要再來～玩喔！」 例：また台北に遊びに来てね！（要再來台北玩喔！）

◎有底線的部分可自行帶入其他單字，查查看你的SNS 喲！

Eiko のお付き合い日記

皆さん、こんにちは。最後の日記では、私が日本で感動した瞬間、結婚式について語りたいと思います。私は運が良く、日本の結婚式に2回も出席したことがあります。2回とも伝統的な神前式でしたが、形や流れが違っていたので、ここで紹介します。

初めて参加したのは、織機部品メーカーに勤めていた時です。社長の姪御さんの結婚式でした。

神前式中的三三九度儀式

その時社長一家が結婚式のため、美容院の予約、伝統衣装の用意、お祝いの用意など、バタバタ準備していた姿をまだ覚えています。お祝いを包むというのが、やはり一番印象深いことでした。その時会社の同僚と話していて、初めて知ったのですが、日本の結婚式に出席する際には、お祝いは3万円以上出さなければならないそうなのです😵。そのため、他人にいわゆる「ありがた迷惑」になってしまう可能性もありますので、日本では適当に招待状を出すことはできません。お祝い金でも悩みましたが、次の問題は服装でした。皆さんも多少知っていると思いますが、日本人は結婚式に出席する服装には結構こだわっています。その時、こだわる以外に、それが自分の身分を表すということを初めて知りました。

男性の服装はシンプルで、今大体スーツでオッケーです。女性は、自分と新郎新婦の関係により、服装が異なります。新郎新婦の友人はドレス、新郎新婦の既婚の親族は黒留袖や色留袖、新郎

新婦の未婚の親族は振袖など、ゲストの皆さんは、各々の服装で新郎新婦との関係がわかりますよ！

　次に出席した神前式は、本当に神社で行われました。静かで厳かな雰囲気で、本当に自分の呼吸さえ、うるさく感じて、呼吸を止めたくなったほどでした。三三九度（夫婦が一生苦楽を共にする誓いを意味する）、親族盃の儀（両家の家族が親族になることを意味する）などが終わり、その

神前式中交換戒指儀式

時に特別だったのは、もう別の日に親族だけの披露宴が行われていたから、式の後は、夜の二次会を待つだけでした。二次会の雰囲気は堅苦しくないものでした。パーティーみたいで、新郎も新郎のお母さんも、歌や演奏のパフォーマンスを行いました。ここまで読んで、日本の結婚式の流れがわかりましたか？一般的には、結婚式（親族と親友）、披露宴（親族と親友）、二次会（親友と友達）という流れが伝統的なのですが、今は時代の流れに沿って、皆それぞれの挙げ方があるようですよ！

神前式結束後合影

Eiko 的交際日記

　　大家好，在最後一章的日記裡，要來和大家分享Eiko在日本覺得很感動的瞬間——婚禮。我很幸運地有機會在日本參加過兩次婚禮，雖然都是傳統的神前式婚禮，但剛好參與的形式與流程並不相同，讓我可以在這裡和大家提一提。

　　第一次參加，是紡織機零件公司社長姪女的婚禮。還記得當時社長全家大小為了婚禮忙碌準備的樣子，要預約美容院、要準備傳統服飾、要準備禮金等等。說到禮金，便是印象最深刻的一件事了！當時和公司的其他同事聊起，才知道原來參加日本的婚禮，禮金至少要三萬日幣以上 😊，所以那時他們說，在日本是不會很輕易發出喜帖的，因為這可是會造成別人所謂的「可貴的困擾」。煩惱完禮金後，接著遇到的問題是服裝。大家應該都多少知道，日本人參加婚禮時的穿著都是非常用心的，那時才知道，除了用心，還有代表自己身份的差異。這時男士們的服裝就簡單許多，現在大部分都是穿西裝就可以了，而女士們就會依自己與新人的身份關係不同而有所差異：新人的友人著小禮服（洋裝）、新人的已婚親戚著黑留袖或色留袖、新人的未婚親戚著振袖等等，賓客們可以依照服裝判斷出彼此與新人的關係呢！

　　第二次參加的神前式，就真的是在神社舉辦了。寧靜莊嚴的氣氛下真的很想讓自己停止呼吸，因為連呼吸聲都嫌大聲。在三三九度（象徵夫妻誓言一生同甘共苦）、親族盃儀式（象徵雙方結為親家）等等結束後，比較特別的是這次已經擇日舉辦過只宴請親戚的宴客了，所以當天的下一件事情，就是晚上的二次會了。相較之下二次會的氣氛就輕鬆許多，就像Party的感覺，當時新娘和嫂嫂的的媽媽都有唱歌和演奏的表演呢！不知道大家看到這裡有沒有總結出流程呢？一般來說，會是儀式（親戚和好友）、宴客（親戚和好友）、二次會（好友和朋友）這樣的順序，不過現在隨著時代改變，大家舉辦的方式也都不盡相同囉！

附錄
Appendix

附錄

常用動詞類別

分類	基準：ます形	例
I 類動詞 （五段動詞）	ます前為い段音	焼きます、呼びます…
II 類動詞 （上一段動詞／ 下一段動詞）	ます前為い段音（例外） ます前為え段音	**い段音:** 見ます、います、 降ります、借ります… **え段音:** 食べます、混ぜます…
III 類動詞 （サ行變格動詞／ カ行變格動詞）	動作性名詞／ 外來語＋します 来ます（特殊）	相席します、 試着します…

常用動詞變化表

變化	I 類動詞	II 類動詞	III類動詞
辞書形	い段音→う段音 例:焼き<s>ます</s>→焼く	ます→る 例:食べ<s>ます</s>→食べる	します→する 来ます→来る 例:相席します→相席する
ない形	い段音→ あ段音＋ない 例:焼き<s>ません</s>→焼かない	ません→ない 例:食べ<s>ません</s>→食べない	しません→しない 来ません→来ない 例:相席し<s>ません</s>→ 相席しない
た形	い・ち・り→った み・び・に→んだ き→いた ぎ→いだ し→した 例:焼き<s>ました</s>→焼いた	ました→た 例:食べ<s>ました</s>→食べた	しました→した 来ました→来た 例:相席し<s>ました</s>→相席した
なかった形	い段音→ あ段音＋なかった 例:焼き<s>ませんでした</s>→ 焼かなかった	ませんでした→ なかった 例:食べ<s>ませんでした</s>→ 食べなかった	しませんでした→ しなかった 来ませんでした→ 来なかった 例:相席し<s>ませんでした</s>→ 相席しなかった
て形	い・ち・り→って み・び・に→んで き→いて ぎ→いで し→して 例:焼き<s>ます</s>→焼いて	ます→て 例:食べ<s>ます</s>→食べて	します→して 来ます→来て 例:相席し<s>ます</s>→相席して

◎ **基準:ます形**

い形容詞變化表

變化	丁寧語	普通語
現在肯定	**單字＋です** 例：おいしい→おいしいです	**單字** 例：おいしい
現在否定	**單字去い＋くない＋です** 例：おいしい→おいしくないです	**單字去い＋くない** 例：おいしい→おいしくない
過去肯定	**單字去い＋かった＋です** 例：おいしい→おいしかったです	**單字去い＋かった** 例：おいしい→おいしかった
過去否定	**單字去い＋くなかった＋です** 例：おいしい→おいしくなかったです	**單字去い＋くなかった** 例：おいしい→おいしくなかった

な形容詞變化表

變化	丁寧語	普通語
現在肯定	單字＋です 例：親切→親切です	單字＋だ 例：親切→親切だ
現在否定	單字＋では（じゃ）ありません 例：親切→親切では（じゃ）ありません	單字＋では（じゃ）ない 例：親切→親切では（じゃ）ない
過去肯定	單字＋でした 例：親切→親切でした	單字＋だった 例：親切→親切だった
過去否定	單字＋では（じゃ）ありませんでした 例：親切→親切では（じゃ）ありませんでした	單字＋では（じゃ）なかった 例：親切→親切では（じゃ）なかった

常用數量詞表（1）

◎特殊發音以不同顏色標記

份、串、顆…	號	人	張、件…	台、架、輛…
ひと 1つ	いちばん 1番	ひとり じゅういちにん 1人／11人	いちまい 1枚	いちだい 1台
ふた 2つ	に ばん 2番	ふたり じゅうに にん 2人／12人	に まい 2枚	に だい 2台
みっ 3つ	さんばん 3番	さんにん 3人	さんまい 3枚	さんだい 3台
よっ 4つ	よんばん 4番	よ にん 4人	よんまい 4枚	よんだい 4台
いつ 5つ	ご ばん 5番	ご にん 5人	ご まい 5枚	ご だい 5台
むっ 6つ	ろくばん 6番	ろくにん 6人	ろくまい 6枚	ろくだい 6台
なな 7つ	ななばん 7番	しちにん なNにん 7人／7人	しちまい ななまい 7枚／7枚	しちだい ななだい 7台／7台
やっ 8つ	はちばん 8番	はちにん 8人	はちまい 8枚	はちだい 8台
ここの 9つ	きゅうばん 9番	きゅうにん 9人	きゅうまい 9枚	きゅうだい 9台
とお 10	じゅう ばん 10番	じゅう にん 10人	じゅう まい 10枚	じゅう だい 10台
いくつ？	なんばん 何番？	なんにん 何人？	なんまい 何枚？	なんだい 何台？

◎ つ結尾之數量詞最可廣泛應用，請參考 p.18。

常用數量詞表（2）

◎特殊發音以不同顏色標記

次	樓	個（小物品）	杯、碗…	瓶、把、條…
いっかい 1回	いっかい 1階	いっこ 1個	いっぱい 1杯	いっぽん 1本
にかい 2回	にかい 2階	にこ 2個	にはい 2杯	にほん 2本
さんかい 3回	さんがい 3階	さんこ 3個	さんばい 3杯	さんぼん 3本
よんかい 4回	よんかい 4階	よんこ 4個	よんはい 4杯	よんほん 4本
ごかい 5回	ごかい 5階	ごこ 5個	ごはい 5杯	ごほん 5本
らっかい 6回	ろっかい 6階	ろっこ 6個	ろっぱい 6杯	ろっぽん 6本
ななかい 7回	ななかい 7階	ななこ 7個	ななはい 7杯	ななほん 7本
はっかい 8回	はっかい 8階	はっこ 8個	はっぱい 8杯	はっぽん 8本
きゅうかい 9回	きゅうかい 9階	きゅうこ 9個	きゅうはい 9杯	きゅうほん 9本
じゅっかい 10回	じゅっかい 10階	じゅっこ 10個	じゅっぱい 10杯	じゅっぽん 10本
なんかい 何回？	なんがい 何階？	なんこ 何個？	なんばい 何杯？	なんぼん 何本？

数字表

個位	十位	百位	千位	萬位＆其他
ぜろ／れい 0／0	じゅういち 11	ひゃく 100	せん 1000	いち まん 1万
いち 1	じゅうに 12	にひゃく 200	にせん 2000	じゅう まん 10万
に 2	じゅうさん 13	さんびゃく 300	さんぜん 3000	ひゃく まん 100万
さん 3	じゅうよん／じゅうし 14／14	よんひゃく 400	よんせん 4000	せん まん 1000万
よん／し 4／4	じゅうご 15	ごひゃく 500	ごせん 5000	いち おく 1億
ご 5	じゅうろく 16	ろっぴゃく 600	ろくせん 6000	いっ ちょう 1兆
ろく 6	じゅうしち／じゅうなな 17／17	ななひゃく 700	ななせん 7000	さんてんよんいち 3.41
しち／なな 7／7	じゅうはち 18	はっぴゃく 800	はっせん 8000	さんじゅういちてんよん 31.4
はち 8	じゅうきゅう／じゅうく 19／19	きゅうひゃく 900	きゅうせん 9000	にぶんのいち 1/2
きゅう 9	にじゅう 20			よんぶんのさん 3/4
じゅう 10				

◎ 99＝きゅうじゅうきゅう

◎ 999＝きゅうひゃくきゅうじゅうきゅう

◎ 9,999＝きゅうせんきゅうひゃくきゅうじゅうきゅう

◎ 99,999＝きゅうまんきゅうせんきゅうひゃくきゅうじゅうきゅう

時間表

◎特殊發音以不同顏色標記

時		分	
いち じ 1 時	しち じ 7 時	いっ ぷん 1 分	なな ふん 7 分
に じ 2 時	はち じ 8 時	に ふん 2 分	はっ ぷん 8 分
さん じ 3 時	く じ 9 時	さん ぷん 3 分	きゅう ふん 9 分
よ じ 4 時	じゅう じ 10 時	よん ぷん 4 分	じゅっ ぷん 10 分
ご じ 5 時	じゅういち じ 11 時	ご ふん 5 分	じゅうご ふん 15 分
ろく じ 6 時	じゅうに じ 12 時	ろっ ぷん 6 分	さんじゅっ ぷん はん 30 分／半

◎ 幾點幾分？＝何時何分（ですか）？
なん じ なん ぷん

◎ 1 小時＝ 1 時間／ 1 分鐘＝ 1 分間，依此類推。
いち じ かん　　いっ ぷんかん

185

日期表

月份	特殊日期	日期	
いち がつ 1 月	ついたち 1 日	じゅういち にち 11 日	にじゅういちにち 21 日
に がつ 2 月	ふつ か 2 日	じゅうに にち 12 日	にじゅうに にち 22 日
さん がつ 3 月	みっ か 3 日	じゅうさん にち 13 日	にじゅうさんにち 23 日
し がつ 4 月	よっ か 4 日	じゅうよっ か 14 日	にじゅうよっ か 24 日
ご がつ 5 月	いつ か 5 日	じゅうご にち 15 日	にじゅうご にち 25 日
ろく がつ 6 月	むい か 6 日	じゅうろく にち 16 日	にじゅうろくにち 26 日
しち がつ 7 月	なの か 7 日	じゅうしち にち 17 日	にじゅうしちにち 27 日
はち がつ 8 月	よう か 8 日	じゅうはち にち 18 日	にじゅうはちにち 28 日
く がつ 9 月	ここの か 9 日	じゅうく にち 19 日	にじゅうく にち 29 日
じゅう がつ 10 月	とお か 10 日	はつ か 20 日	さんじゅう にち 30 日
じゅういち がつ 11 月			さんじゅういちにち 31 日
じゅうに がつ 12 月			

なんがつなんにち
◎ 幾月幾號？= 何月何日（ですか）？

期間表

◎特殊發音以不同顏色標記

～天	～週	～個月	～年
いちにち 一日	いっしゅうかん 1 週間	いっ　げつ 1 か月	いちねん　かん 1 年（間）
ふつ　か　かん 2 日（間）	に　しゅうかん 2 週間	に　　げつ 2 か月	に　ねん　かん 2 年（間）
みっか　かん 3 日（間）	さんしゅうかん 3 週間	さん　げつ 3 か月	さんねん　かん 3 年（間）
よっか　かん 4 日（間）	よんしゅうかん 4 週間	よん　げつ 4 か月	よ　ねん　かん 4 年（間）
いつか　かん 5 日（間）	ご　しゅうかん 5 週間	ご　　げつ 5 か月	ご　ねん　かん 5 年（間）
むいか　かん 6 日（間）	ろくしゅうかん 6 週間	ろっ　げつ 6 か月	ろくねん　かん 6 年（間）
なの　か　かん 7 日（間）	ななしゅうかん 7 週間	なな　げつ 7 か月	ななねん　かん 7 年（間）
ようか　かん 8 日（間）	はっしゅうかん 8 週間	はっ　げつ 8 か月	はちねん　かん 8 年（間）
ここの　か　かん 9 日（間）	きゅうしゅうかん 9 週間	きゅう　げつ 9 か月	きゅうねん　かん 9 年（間）
とお　か　かん 10 日（間）	じゅっ　しゅうかん 10 週間	じゅっ　げつ 10 か月	じゅうねん　かん 10 年（間）

◎ 幾天？ ＝ 何日間（ですか）？
なんにちかん

◎ 幾週？ ＝ 何週間（ですか）？
なんしゅうかん

◎ 幾個月？ ＝ 何か月（ですか）？
なん　げつ

◎ 幾年？ ＝ 何年間（ですか）？
なんねんかん

飯店代收包裏郵件寫法

step 1. 事前聯絡

需填入的資訊　關鍵字

欲住宿飯店名 様（へ）

こんにちは。

予約番号 預約號碼 の 登記

住宿者 です。

入住日 から 退房日 までに宿泊

する予定です。

一つ確認したいことがあるのですが、

宿泊客の宅急便などを代わり

に受け取っていただけますか？

お手数ですが、お返事いただける

と助かります。

よろしくお願いします。

致 欲住宿飯店名 飯店

您好

我是 登記住宿者 ，預約號碼是

預約號碼 。

預定在 入住日 ～ 退房日 住宿。

想和你們確認一件事，

請問能幫旅客代收宅配嗎？

不好意思麻煩了，期待您的回信。

請多多指教。

step 2. 飯店回覆

お客様

お世話になっております。

お荷物の件、受け取りいたします。

宅配届け先にチェックイン日

とお名前（登記住宿名）をご記

入くださいませ。

よろしくお願いいたします。

親愛的顧客　您好

受您關照了。

我們能代收郵件物。

請您在收件人上填入 check in

的時間與登記住宿者姓名。

麻煩了。

step 3. 最後確認

欲住宿飯店名 ＋ 回覆者姓名 様
ご返事どうもありがとうございます。
送り状に 入住日＋登記住宿者姓名 と記入をお願いしました。
購入先と宅配業者は 購物網站名＋宅配業者 です。
ご迷惑をおかけしますが、よろしくお願いします。

欲住宿飯店名 ＋ 回覆者姓名

先生 / 小姐
謝謝您的回覆，
我已經請業者幫忙在出貨單填 入住日＋登記住宿者姓名 的資訊了。
店家和宅配業者是 購物網站名＋宅配業者 麻煩您了。

關鍵字說明與介紹

受け取りいたします

雖然大部分的日本飯店都有代收服務，但基於禮儀，希望大家能做事前聯絡，而回信的內容中，若在「受け取り」之後不是「ません」結尾的話，基本上就是沒問題喲！

入住日＋登記住宿者姓名

這是出貨單上需要寫上的內容，可以再增加「○○○ホテル フロント気付」，表示飯店代收。在飯店的回覆中可能會有他們對出貨單的要求，但基本上大同小異，故建議大家可以將這些內容回信給飯店讓他們做確認。

購物網站名＋宅配業者

記得也將店家和宅配業者的名稱一併告知飯店，讓他們更清楚喲！

交通事故對應法

需填入的資訊　　關鍵字

Eiko：もしもし、Eiko です。トラブルが起きたので連絡しました。

Eiko：喂，我是 Eiko。因為（車子）發生了狀況所以和您聯絡。

スタッフ：車両を確認させてください。予約番号を教えていただけますか？

工作人員：請讓我確認車輛。可以告訴我預約號碼嗎？

Eiko：はい、予約號碼です。

Eiko：好，是預約號碼。

スタッフ：今どちらにいらっしゃいますか？

工作人員：請問您現在在哪？

Eiko：金城です。イオンの近くです。

Eiko：在金城。IEON 附近。

（小提醒：請盡量明確告知所在地）

スタッフ：我々のスタッフがすぐ向かいますので、その場で安全に気を付けて、分かりやすいところでお待ちください。

工作人員：我們工作人員會馬上過去，請您在那邊顯眼一點的地方等待，請注意安全。

（小提醒：若不幸發生事故請務必與租車公司聯絡，切勿無視或自行離開現場。）

關鍵字說明與介紹

トラブル

「trouble」，也就是麻煩、事故的意思，若租車公司的工作人員有進一步的詢問是碰上什麼狀況時，可參考〈狀況一覽表〉做回應。

いらっしゃいます

為「いる（在）」、「来る（來）」、「行く（去）」的敬語，日本人對客人都會使用敬語表達，而在此會話中，表示詢問「どちらにいますか?」＝「你人在哪裡呢?」

〜の近くです

需要表達人身在何處時，通常會用到這個句型，將附近明顯地標代入「〜」即可。

狀況一覽表	
タイヤがパンクしました	爆胎 ※關於爆胎處請參考p.113〈常見方向表〉
エンジンがかからなくなりました	無法發動
ナビが動かなくなりました	無法導航
車をぶつけられてしまいました	被撞
〜に車をぶつけてしまいました	車子撞到〜 ※將「〜」代入撞到的東西即可
救急車を呼んでください	請叫救護車 ※若人沒事的話則說「無事です」

191

國家圖書館出版品預行編目（CIP）資料

Eiko 的吃喝玩樂日本語：掌握「聽」「說」關鍵字，
秒懂秒回日本人！/ Eiko 作 . -- 初版 . -- 臺北市：日月
文化 , 2019.07
　　面；　公分 . -- (EZ Japan 樂學 ; 19)
ISBN 978-986-248-816-4(平裝)

1. 日語 2. 旅遊 3. 會話

803.188   108007518

EZ Japan 樂學 19

Eiko 的吃喝玩樂日本語：掌握「聽」「說」關鍵字，秒懂秒回日本人！

作　　　者：Eiko
審　　　訂：今泉江利子
繪　　　者：Aikoberry
主　　　編：蔡明慧
編　　　輯：黎虹君
配　　　音：Eiko、今泉江利子、吉岡生信
校　　　對：Eiko、今泉江利子、黎虹君
整體設計：李佳因
內頁排版：造極彩色印刷製版股份有限公司

發 行 人：洪祺祥
副總經理：洪偉傑
副總編輯：曹仲堯
法律顧問：建大法律事務所
財務顧問：高威會計師事務所

出　　　版：日月文化出版股份有限公司
製　　　作：EZ叢書館
地　　　址：臺北市信義路三段151號8樓
電　　　話：(02) 2708-5509
傳　　　真：(02) 2708-6157
客服信箱：service@heliopolis.com.tw
網　　　址：www.heliopolis.com.tw
郵撥帳號：19716071日月文化出版股份有限公司

總 經 銷：聯合發行股份有限公司
電　　　話：(02) 2917-8022
傳　　　真：(02) 2915-7212
印　　　刷：中原造像股份有限公司
初　　　版：2019年07月
定　　　價：320元
I S B N：978-986-248-816-4